暖暖心光

綺莉思 著

自序：那些年，那些事

許多人嚮往國外的移民生活，十年前的我也不例外。然而當我定居加拿大魁北克後，我感受到的文化震撼，尤其來自此處移民的生活型態，讓我震驚得不知該如何妥善安置我的喜怒哀樂了！

從初始的不適應，到如今堪稱「中生代資深移民」，我常思索有無更具象的作法讓想移民的人們，更精準快速地抓到移民生活的真實樣貌？當年我若讀過更多移民的真實生活，或許這些文化衝擊就能緩衝一些，如今我既入了寶山，豈能空手而回？於是初期當我有機會回台灣與親朋好友相聚時，我毫不藏私地把話匣子裡的資訊，豪邁地往他們身上傾倒，不是為了「語不驚人死不休」的演說效果，僅僅是一種天真的、「好東西要與好朋友分享」的衝動。

旅居生活總是憂喜摻半，禍福相依，種種高低起伏之事在我回望的目光裡，竟像在歲月長河裡泛漾著金光的稀有寶石，令人想重新深入挖掘。在某個步行回家的途中，湛藍晴空飄過一朵雲，伴隨一縷清風迎面，剎那間我靈光乍現，何不把這些真實的移民案例，加點文學興味，令讀者有閱讀故事的樂趣呢？而寫作的人也磨練一下文筆吧！雙方都感到一種共同進步的美好，豈不快哉？這股憧憬就是我創作一系列移民故事的動力。

爾後我用文字哀弔憂傷、歌頌歡樂，譜就我的生命之歌，所以，到這些文字裡尋我吧！它們是悠悠歲月的一抹光影痕跡，樸實無華卻又閃閃動人。

（二〇二〇年十一月於蒙特婁寓所）

目次

自序：那些年，那些事 3

卷一 人生的換日線上

一眼千年 10
加拿大感不足 14
圓環的夢魘 17
蒙特婁市民心中永遠的痛 19
等到死的急診室 22
學會柔軟，才能堅強 28
助力或阻力？ 32

卷一　溫情時光

靈魂拼圖　38
害怕深陷情海的女人　46
以生命觸動生命　52
無私　58
最後十天的法力　63
友情萬萬歲　67
一隻落單的襪子　76
齊柏林先生的逝去　78
災難奇想曲　82
冬夜一幕　87

卷三　生命的禮物盒

思念總在分手後 090
心智魔咒 094
「唸小說」的雙語實驗法 097
浯島遲士 099
永不背叛自己的孩子 105
生命的禮物盒 109
秋日餘光 111

卷四　愛在疫情蔓延時

週五奇幻漂流之旅 114

在精靈球裡的時光　119
打倒我們的不會是病毒　122
輕盈之歌　126
祝你平安　135
終老　139
溫情食堂　143

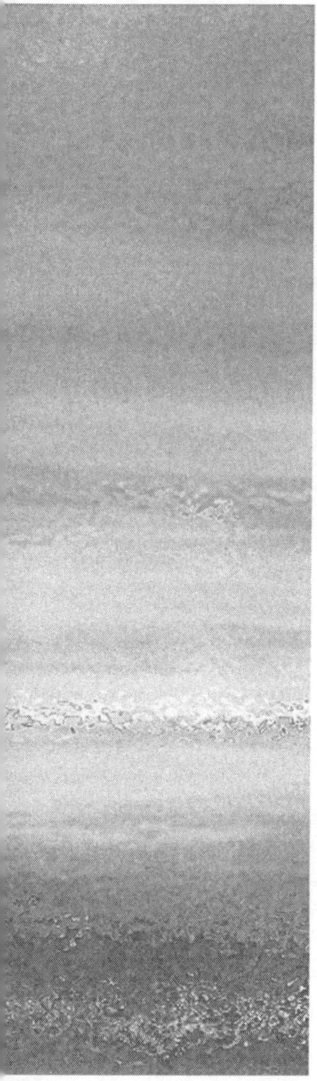

卷一

人生的換日線上

一眼千年

我始終相信，每個相逢都有其意義。相逢不一定是語言的交流，某些時刻，眼神的交會更能承載那千山萬水、無法名狀的真摯情感。我與Mark的故事就是這樣開始的。

在我任教的中文課堂裡，我習慣在開學第一堂課，協助學生的座位安排、詢問學童家中使用的語言為何。在點完名後，我會佇立在一眾孩子面前，以眼神環繞全場一周，緩緩地、深深地、凝視每位孩子的雙眸。

第一堂課對老師是新鮮的，對同學是新奇的。在如斯的「行注目禮」的儀式裡，一片靜默，我殷切地感受他們個別獨特的氣質、性情、脾氣與喜惡。叩……叩……叩，忽地門板傳來一陣響。門開後，映入眼簾的是一個掛著兩行鼻涕的亞洲小男孩。我從不先入為主認定所有的亞洲學生都是中國背景，因為在魁北克的中文班裡，亞洲小孩的背景極其多元，他們可能來自於柬埔寨、越南、馬來西亞、俄羅斯或世界各地，全體班級成員渾然是個地球儀的小縮影。

小男孩的個頭兒只到父親的肚皮，他瑟縮著，背緊貼著約莫五十歲出頭的白人父親，垂著頭，眼神落定在右腳的紅色鞋帶上。父親平和順暢地將小男孩移交給我，我領他到空座位，輕聲詢問他的名字，在他悄聲坐下瞬間，微弱的話語聲亦幽幽傳來：「Mark。」四目交接的片刻，我攫取到他眼底的不安與試探。

課間休憩時，小男孩父親找我懇談。原來一年半前，這對白人夫妻遠赴中國貴州的孤兒院領養Mark，當時這孩子半句英文都不會說，一路上和導遊女士都說中文，父親像個溺水的人抓到浮木，全盤托出他的煩惱：「好奇怪！他原本都講中文，來到加拿大卻半句中文都不說，我們都不明白為什麼他現在變成這樣！」

我沉吟一會兒，並未作聲。看來這背後有段曲折，我壓抑不住好奇心，決心探個究竟。一連三週發揮偵探式的觀察，待我看出一些端倪後，在我開口前，我反覆思量該用怎樣的說話態度。說話是一門技巧，但說話的態度才是溝通的關鍵！有人喜歡你輕聲細語地說，有人喜歡你鏗鏘有力地說，有人喜歡你一把鼻涕、一把眼淚地說；同樣一句話，不同的方式說出來，對話結局大不同。

定位好溝通目標，調整好說話語氣，我的聲音擲落下來：「老師知道你會說中文，」我頓了頓，他抬眼驚異地看著我，彷彿小伎倆被看穿似地慌張，我穩當的口氣轉為雀躍：「我一眼就看出你有很多厲害的地方喔！我一眼就看出來囉！因為我是老師，我很會看學生喔！」

他眼放異光，既期待又害羞，我即刻領會：我們已在同個頻道裡！我懇切陳詞：「我們這班你最強！之後有個朗誦比賽，我會派你參加！」他的表情樂不可支，我深刻明白他需要的是什麼了！我以胸有成竹的口吻接著道：「我們需要你幫班上爭取榮譽！」

他的嘴角漸漸上揚，牽出一抹自信的微笑，那笑容就像一朵嬌豔欲滴的鮮花綻放於我的心田之上。我們師徒倆在眼神裡交流了無限的善意與喜樂。剎那間，我腦海閃過好多老師的面孔，滿溢的感動與激盪湧上心窩！

那些曾經在我年幼時、青春期時，不斷鼓勵與支持我的老師們，在我身上曾經灌溉的愛心與耐心，給予我那麼多正能量，到今時今日與Mark相遇，我方才明白：在我有限的生命裡，交錯著與他人不經意的生命交會與禮遇，這些浮光掠影雖然僅僅是無限裡的有限段，然而，若無這一眼的凝視，我與過往的我無法串聯完整。在那一眼裡，千年萬年的師徒傳承一脈相承，生生不息。

原來，在那眼神交會的片刻裡，我人生的學習到此方才圓滿。我的老師們成就我前半生的富饒，我的學生們促成我下半生的精彩，何其有幸！孩子，或許多年後，當你埋首於工作或汲汲營營於生活時，你會想起我，就如同此刻的我，在那百千萬億恆河沙裡，思憶起我的老師們。

（本文刊登於二〇一八年五月號 皇冠雜誌）

（本文刊登於二〇一八年七月號 九彎十八拐雜誌）

加拿大感不足

即便定居加拿大已有十年之久，周遭的陌生人卻常能輕易發現我不是當地人。有一回，我在St.Catherine街的Steve Madden鞋店逛街，向店員詢價，店員鉅細靡遺地對我解釋這雙鞋是原價再打15%的稅：「You know! This is Quebec!」我又好氣、又好笑，大概我的外型打扮看來就像個外地人，所以他把我當外地觀光客在開導著。

有時我尋思：這會否跟我的「防曬指數很高」有關呢？我很怕曝曬在陽光底下，然而魁北克不流行撐陽傘，我只好改用別的方法全面防曬。國外太陽大，又不似亞洲有眾多高樓大廈可協助擋太陽，開車時真會被炙烈毒辣的陽光全方位襲擊呢！於是當我坐在駕駛座開車時，我仍不忘頭戴帽子、鼻樑掛著太陽眼鏡、手臂套著袖套，甚至還在車上擺放一件薄長袖襯衫，有時穿無袖的上衣駕車時，啟動引擎前，我會將襯衫從前方反穿套上，用以防曬。

亞洲人對「袖套」一點都不陌生，可是這裡的當地人可沒見過「袖套」呢！好幾次我把車停穩，準備下車接兒子下課，懶得把袖套又脫又穿的我，索性雙手臂套著袖套，快步踱入幼兒園內。幼兒園老師很緊張地關懷我：「妳的手受傷了嗎？燙傷？」哈哈哈！奈及利亞來的她誤以為我穿著燙傷患者的防護手套，啼笑皆非啊！

我耐心解釋這是防曬用的袖套，她雙眼泛著迷惑及不可思議的光芒，似乎傳遞著：「為什麼有人為了防曬而戴上如此奇怪的東西呢？」當下被以異樣眼光看待，令我有些羞赧，但轉念一想，過度曝曬對皮膚的損害是不可逆轉！相較之下，被多看幾眼，有何所謂呢？我還是矢志以當「防曬達人」為榮。

我不愛穿夾腳拖鞋，這點就很不加拿大了！夏季時，這裡不論性別、族裔與年紀，許多人都喜歡穿夾腳拖鞋，可謂「人腳一雙」！我直觀認為我穿夾腳拖不大雅觀，所以只有在游泳池邊會套上夾腳拖鞋。上街或出門時，我絕對不穿夾腳拖，最多就是穿「涼鞋」而已。

在餐廳用餐時，服務生很快就察覺我不是當地人，因為我不愛喝冰水。每次當侍者送上冰水時，我下意識地反問：「有無熱茶？」我極不習慣一邊吃飯，一邊喝冰水，尤其冬天零下三十幾度，倘若連進餐廳都沒熱飲可喝，太痛苦了！

我的當地同學也很快就發現我是「外來的」，像我有時會在公車上拿出筆記來重點複習，台灣來的小留學生朋友就說：「妳這樣真的很『台灣』，這裡當地的學生絕對不會在公車上讀書的！」但無妨吧！我可是有兩個孩子的大媽，每日都在追趕「時間」這位老兄的背影中，戰戰兢兢度日。假使不把握時間溫書，往往一回到家就埋首家務和照顧孩子，常常湊不出一整段時間讀書。

以上這種種跡象都顯示我有強烈的「加拿大感不足」的症狀。終於有一次，我鼓起勇氣，向埃及鄰居傾吐這樁煩惱心事，我哀怨地娓娓道來：「我都有加拿大身分了，但別人還是一眼就能發現我是外來的，馬上就意識到我不是加拿大土生土長的，真令我困擾啊！我該如何改進或改變呢？快告訴我吧！」

五歲就移居加拿大的她不解地望向我：「這是好事啊！表示妳有個人特色，像我們的下一代都會愈來愈「加拿大」，這事讓我感到很 boring，我女兒就會愈來愈不像埃及人，而是愈來愈接近當地魁瓜，這樣有什麼意思呢？」沒想到土生土長的加拿大人居然是用這樣「美好」的眼光看待我的奇特之處，令我受寵若驚呢！

圓環的夢魘

我剛定居蒙特婁的初期，丈夫常常開車載我四處兜風，當時的我對蒙特婁的一切都充滿好奇與嚮往。我們定居的島上相當奇異，完全沒有設置紅綠燈，每個路口都只有 stop sign，另外設置至少五個圓環，我丈夫得意地對我說：「你知道嗎？北美洲沒有圓環，只有蒙特婁有圓環喔！」

「真的嗎？這有什麼稀奇，台灣到處都有圓環，別老土了，我可不是第一次見識圓環是什麼東西！」

「那你就不懂了！圓環這種產物是亞洲和歐洲的產物，北美洲是沒有的。像卡通辛普森家庭，有一集就在諷刺美國沒有圓環的道路設置，話說辛普森家庭的爸爸有次帶全家去巴黎旅行，白天時繞進一個圓環，一直繞到天黑，都還在圓環內繞啊繞，都沒繞出來！」

「太搞笑了吧！」

「沒騙你，是真的！」

據說美國人是連進圓環都不知道要從左開始繞，還是往右開始繞，然後出圓環的時候，會陷入無比焦慮之中，因為不知道該如何慢慢切出去。不過圓環不止是美國人的夢魘，我在島上繞圓環的時候，就曾遇過圓環內有輛車居然逆向朝我開過來，既驚險又好笑，此真實案例足證：蒙特婁真有人不會繞圓環。

台灣人對圓環太熟悉且極懂得善用，圓環不僅是路面設置，圓環內部還被拿來當夜市經營，所以圓環是稀鬆平常的物事，我從小在國外長大的丈夫把圓環當成一件寰宇新知告知我，想來我也啼笑皆非呢！

（本文刊登於二〇一四年六月號　皇冠雜誌）

蒙特婁市民心中永遠的痛

尚未定居國外前，我對魁北克的想像就是美國大西部那種一望無際的原野，好似人在自然環境中不僅能天寬地闊地盡興徜徉，更能淋漓盡致地飆車一番！直到我成為蒙特婁的居民後，我驚覺這些都是不切實際的美好幻想。

舉例來說，Pont Champlain（香檳橋）就是蒙特婁市民心中永遠的痛。夏天修橋鋪路，真的是「修橋鋪路」！因為冬季的大雪覆蓋橋面，被剷雪車的鏟子無情剷過，柏油路面結構變得脆弱無比，一旦有負重極大的卡車輾壓過去後，路面可能就凹陷出一個大洞或是碎裂開來，這時候其他車子再開過其上，更加速柏油路面崩壞的速度。

冬天也是蒙特婁塞車的季節，因為鏟雪車把大雪推到路邊堆積，路面從三道變成兩道，有時甚或一道，當然車流量變得異常緩慢。時值夏季，蒙特婁的居民已身處交通黑暗期，不論大街小巷、各大交流道、香檳橋的入口與出口等等，日日夜夜都此起彼落地封鎖著。經常一趟路出門，驚駭連連，不是「進橋的入口封閉」、就是「此處施工封路，請改道」。例如今晨，我載丈夫從修女島上香檳橋要到市中心上班，原本的 Wellington 出口已經封鎖住了，只好直行到下個出口下橋，等下橋後，左轉要進 Wellington 街，又遇到封路，依指示轉彎後，再被要求改道，於是原本短短五分鐘可到的路程，立刻被延展到三十分鐘之久。

而這只是「小兒科」，住在南岸的民眾往返市區通勤者更有一番激烈的遭遇，凡過下午三點半，已是交通尖峰時刻，此時香檳橋上會有一道改成公車專用道，三道線瞬間減縮為兩道線，而流量暴增的車流量更讓香檳橋整個大回堵，甚至回堵到修女島和市中心。每日上、下班兩回合的堵車，堪稱一種慢性生活壓力，對健康影響頗鉅！

當我堵在車陣中，瞥見幾乎每個路口都有警察站崗，負責指揮交通。由於東改道、西封路，警察得在上下班時間，全力配合協助、疏散交通流量。我有感而發：「這些警察也夠可憐！政府不斷修路，警察們都沒時間抓壞人、抓毒販，光是指揮交通和開罰單就累死了！」當我對丈夫說完這番話，我隨即聯想到蒙特婁警察正在罷工。

由於警察是公權力的象徵，即使他們的公會一邊在和政府協商，廣大警員仍一邊出勤，不能全面停工。協商期間，執勤的他們都會故意穿上五顏六色的迷彩褲－形式上的小小抗議，以示罷工的決心，順帶提醒老百姓：我們仍在罷工協商之中呢。

眼尖的朋友們應該早就發現警車、警用腳踏車上都貼滿許多貼紙，用紅字寫著：「On n'a rien volé」，意思就是「我們沒有偷東西」！這是警察罷工的訴求，他們要求加薪，而這是他們應得的，他們不偷不搶，光明正大的意思。

住在亞洲的朋友們抱怨停車位難找和交通情況混亂，其實世界各地的人類問題皆大同小異，此乃我定居國外十年後，徹悟出的心得。

等到死的急診室

從女兒出生後，我不斷和蒙特婁的醫療體系「交戰」，為何用到「交戰」這般劇烈的字眼呢？因為箇中夾雜相當多「對抗對峙」、「心力交瘁」、「痛苦擔憂」的情緒在裡面。

這裡的醫療體制非常不「user friendly」，我舉幾個例子後，各位自然明白。首先，從我懷孕時，遍尋不著婦產科醫生的事件開始，我已深刻體會此處的醫生真是「物以稀貴」！再者這裡的護士都會提醒新手父母在寶寶兩個月大時，要給小兒科醫生做例行檢查，於是從我懷孕末期，就開始幫未出世的孩子掛小兒科醫生的診，居然花了我兩個月（在我月子快做完的時候）才好不容易約到診，當時眼見寶寶快要兩個月了，我居然都還沒幫她約到醫生，真是心急如焚，內心的焦急和擔憂自不在話下。

原以為找到小兒科醫生，寶寶看病就方便多了，可惜世事難料，又出現新的阻礙！因為寶寶有一次感冒，我打給她的專屬小兒科醫生掛號。當時的對話是以英文發生，但以下翻譯成中文。

接線護士理所當然地說：「我幫你看了行程表，得等到四個月後才排得到診。」

我訝異地問：「為什麼需要這麼久呢？」

護士淡定地說：「因為醫生這個月休假，加上之前排診的時間都滿了，只能擠出四個月後的某個下午時段給你，這是最近的時間點，你要訂下這個預約嗎？」一時間，我猶豫著是否接受這個約診，畢竟時間拖太久了，四個月後，我孩子的病應該也好了。如果一個感冒拖了四個月都還沒好，那可能也天人永隔，無須勞煩醫生了！

難道加拿大人都不生病嗎？他們的命都比較硬嗎？大家都有「神通」，可以預測自己四個月後會生病，因此四個月前就可以先約好診？許多住在當地的朋友告訴我，他們知道這裡看病很慢，所以小感冒都是自行去藥房買成藥醫治，才不會像我傻傻地去看醫生。

如果突然生病或有意外事故，該當如何呢？那就是去掛急診。不過別先急著鬆一口氣，你知道急診要等多久嗎？依據本人的經驗，有一回我的眼睛相當不舒服，當時又是深夜十一點多，所有私人診所都關了，我只好去掛急診，而我等了「三天三夜」，「三天三夜」並不是「誇大修辭法」，而是真實發生在我身上的慘劇！我從週四晚上等到週日早上十點鐘才看著醫生。

我等到週五早上，覺得困乏，先回家洗了澡，又轉回診間再接再厲，繼續等待，除了回家洗澡、在醫院上廁所、買東西吃之外，我都坐在診間的位子上等，如此周而復始地等到週日早上才看到醫生。

最有趣的是，在這三天三夜的虛無等待中，我當時還聽到旁邊的兩位老人在聊天，他們說已經等了五天四夜都還沒看到醫生。當時對話以法文發生，以下翻譯成中文。

老人甲：「你來多久了？」

老人乙：「我已經來五天了！醫生只叫我進去看了一次，說我問題不大，叫我回位子繼續等。」

老人甲慶幸地說：「我也是等了這麼久，不過我們這樣算好的，上次我來這裡掛急診，旁邊一個老頭子在位子上等到死！」

老人乙好奇地問：「怎麼發生的？」

老人甲像個說書人一般，清了清喉嚨說：「那天，急診室裡一堆人，大家像班機被延誤、在機場守候的旅客，等得又累又煩，這時，護士終於走出來了，大家都抬頭看著護士，期待她先叫出自己的名字。」

老人乙趕忙問：「後來先叫到誰的名字？」

老人甲接話：「不是我的名字，護士叫了某個名字好幾聲，都沒有人回應。護士四處張望，發現有個老人閉眼在位子上睡著了，就上前對他叫著那個名字，還邊試圖搖醒他，奇怪的是，老人仍未醒來。護士緊張地湊上前，查看他的氣息，才發現他斷氣了！」

老人乙聽得一愣一愣，我則屏氣凝神地不想打擾老人甲談話的氣氛，希望他趕緊說出結局。

老人甲繼續接著說：「護士倉皇慌張地跑回裡面，不到幾秒鐘，急診室診間衝出一堆人，醫生啦！護士啦！警衛都來了！醫生再次確認老頭子的呼吸、心跳、脈搏，再對其他醫療人員使了個眼色，他們的臉色刷地都變了，緊接著他們立刻從老頭子身上的皮夾拿出身分證件，比對病歷上的資料，證實剛剛護士喊的名字就是眼前過世的老人。」

老人甲嘆了口氣說：「他們安撫現場其他等候的病人，說沒事！大家在位子上繼續等就好了。老實說，任誰看了這場景都會開始擔心，搞不好下一個等到死的就是我咧！」

老人乙：「是啊！這裡的醫療很糟，聽說去溫哥華還好一點。後來醫院通知那老頭子的家人？」

老人甲說：「有啊，過了一小時左右，就有幾個人急忙跑進急診室，好像是那位老頭子的家人，醫院人員領他們入內，接著我就看他們把老頭子背在身上領回去了。」

也許你會好奇：既然事件中的老人有家人，為什麼家人不陪他來看病？而是發生不幸，才來接他？因為這裡年輕人不流行和年長的長輩同住，政府會給年長者老人金，他們通常在外租屋，若是獨居老人，政府會多給他們一些老人金，用以負擔房租、買菜等費用。

急診室這兩位老人的對話，活脫像在錄「靈異追追追」的節目：在靈異現場講述當時命案發生的經過，也許老頭子的魂魄正在你身後的角落盯著你看，讓人不寒而慄啊！

究竟此處為何看診如此慢？在急診室看病的程序如下，所有病人到達醫院後，一律到櫃台以健保卡掛號後，健保卡會被收走，夾在病歷夾裡，等到你看完醫生，醫生會在診間內把健保卡還給你，因此我們在急診室久候不見醫生，也無法「轉戰」別的私人診所，因為健保卡在院方手裡。

掛號完，接著就抽號碼牌，排隊進入所謂的「Salle de triage」（法文），讓醫護人員紀錄你的症狀，判斷你的情況是否嚴重，接著再回到位子上繼續等：如果你的情形嚴重，醫生會在診間用擴音器，優先叫你的名字，所以這裡急診室的牆面常寫著：是由「病況嚴重性」決定誰先看診，而非「先來後到」的順序。

這麼慢的醫療品質如果在台灣出現的話，應該早就被台灣媒體舉發了吧！這裡的當地人修養也不見得都很好，常有等候多時的病人在急診室破口大罵，為此，醫院急診室還在牆上貼了一個警示標語「We speak over 20 languages, but violence is not one of them!」目的就是鄭重告知請勿使用任何形式的暴力對待醫護人員，試想連警告標語都貼滿牆面，表示這種暴力相向的情形非個案，肯定常常上演。

每回在加拿大排隊看病，我都很懷念台灣的私人診所，如雨後春筍般，到處都是，醫生素質好、看診速度快、態度親切，會盡量協助病患減緩症狀。我在蒙特婁的生活，不只讓我懷念台灣小吃，更讓我懷念台灣的醫療。當我回故鄉，看到一些政論節目總是批評台灣有多糟，我都有股想為故鄉平反的衝動。

學會柔軟，才能堅強

丈夫好友的太太 Romy（化名）有義大利人的好客天性，在她多倫多家叨擾的一週內，我們享盡西式豐盛的佳餚，並且在踏上返途的前兩個日落時光，我的一雙兒女在她姊姊 Sandy（化名）寬闊的游泳池內盡興暢游。Sandy 和丈夫 Richard 結縭二十五年，如今兒子二十歲，女兒已然十六歲。

有一晚飯桌的話題是，她女兒十三歲時，學習球類運動的甘苦談。當年她女兒想同時學習冰上曲棍球和足球，德國足球教練不肯放人，堅持他女兒必須週一到週五下課都出席練習，但若遵從足球教練的指令，女兒便會缺席冰上曲棍球週一和週三的練球時間。於是 Sandy 陷入長期抗戰，總在週二、週四送女兒去足球場時，看盡教練的鐵青臉色與聽盡他的冷言冷語。直到三年後的某個黃昏，女兒對她說：「我明年起就不想踢足球了，覺得沒什麼意思！」

Sandy 鬆了口氣說：「謝天謝地！我終於不用再和你的教練攻防戰了。」我心領神會地與 Sandy 對視一會兒，她繼續把故事講完：「沒想到，冰上曲棍球場竟是另一個羅馬競技場，場邊看球賽的家長比孩子更激動、暴力。」華人父母們若曾在國外球場陪孩子打籃球、足球或棒球等等，或多或少都能體悟：我們的孩子在國外有兩大競技場，一是校園，二是球場。

Richard 補充說明：「我以前玩冰上曲棍球的時候，教練在場邊對我交代戰略，特意在我耳邊悄聲說：『Break his legs!』我心想教練瘋了，這只是球賽而已，我才不要把別人的腿弄斷！大家都喪心病狂了嗎？後來我再也不參與這教練的訓練。」

Sandy 接話：「有一次女兒打球賽，我看場邊某個媽媽言行太暴力，居然激動地對她叫囂：『Do you want to take it outside?』」這句話直譯成口語中文，就是「你想到外面單挑嗎？」當下那媽媽就沉默了。

「我事後回想起來，我是怎麼了？竟講出這麼沒教養的話？要是她真的說好，那我怎麼辦？我豈不是要到外面和她打得鼻青臉腫了？」Sandy 心有餘悸地道出這段陳年往事，也揪扯起我的一樁心事。

這個夏季，兒子報名修女島的足球課，我陪孩子踢球亦遇到眾多不愉快的狀況題。每次上課，一眾魁瓜家長與我非常隔閡，沒人搭理我，教練也刻意忽略我四歲的兒子。兒子懵懂無知，尚不解人心險惡，但我這做媽的心如明鏡，絲絲縷縷的感受、纖纖細細的觀察都像雕刻似地劃進內心深處。每回足球課前一小時起，我大演天人交戰的內心戲，常想臨陣脫逃，極不願踏入那令我如坐針氈的球場，教練不黯帶領幼兒踢球之道，七八個四歲童常散坐在球場邊，不願踏入場內，得靠各個家長連哄帶騙地來來回回把孩子哄回球場內，不到一分鐘的光景，又重映戲碼，一小時的課程裡，家長的運動量比孩子還大，而教練只負責吹口哨。

對於這樣的足球課，儘管對教練的專業滿腹質疑、能力極不信賴、態度極不欣賞，但身為新移民家長，總因不熟悉此地的風土民情，故沒有勇氣大刀闊斧，從而向教練反應真實感受與提出建言。

Sandy 女兒的真實經驗讓我烏雲籠罩的思緒，露出一線曙光。倘若早在三代前，就移居加拿大的 Sandy 一家皆精通英法文，都會發生與小孩教練相處不愉快的經驗，我更不該沮喪，更不該將這「不愉快的學習經驗」過度自責而內化成一種自卑情結。

有些友人和我通越洋電話時，按慣例會調侃我在加拿大當全職家庭主婦很幸福，不像職業婦女的她們，蠟燭兩頭燒。殊不知，全職家庭主婦就是一份全年無休的無給職，亦無福利津貼，最挑戰的是，陪孩子上各式的球類運動課、游泳課和才藝課，都是和老師較勁的拉鋸賽，耗磨耐心和體力，鬥志也鬥智。

其實每位移民都曾在異鄉遭遇許多生活上的不愉快，「移民」並非移居到國外「過好日子」，而是「過日子」。既是「過日子」，難免面臨挫折、沮喪與失落，我以自身經歷鼓勵廣大的移民父母，當你感到疲累和乏力，甚或覺得無望的時候，想想我的遭遇，你絕對不是最悲慘的那一個。

於是，從多倫多返回蒙特婁後的當晚，我手戴洗碗的塑膠手套，佇立在廚房內的洗碗槽前，滿手泡沫、搓抹著碗碟，玩味著Sandy的一席話後，再細細推敲我陪孩子踢球的點滴觀察，尋思著明日的足球課該如何處置？

經過一宿的深思熟慮，決心放棄這季的足球課，日後等兒子再大點，兒子也能再上別的教練的足球課，五歲或六歲再踢球也不晚，不必急於四歲就去。這堂足球課讓母親煩惱增加、孩子得不到實質的學習，我就得退一步，讓大人小孩都緩口氣，無須剛毅地堅守下去。如同英國有句諺語所說：「You pick up your fight.」要擇戰而打，不能連雞毛蒜皮小事都大動干戈，得不到功績與勳章，且徒留傷疤。

要能游刃有餘地與這裡的當地人相處，你得「學會柔軟，才能堅強」，必得剛柔並濟，我適才、終於悟出這箇中玄機。

助力或阻力？

五月份，某個再平常不過的週三早晨，我關上家門，準備陪女兒步行上學。這時，對面 townhouse 的草地上，有個白人中年男性走近我，邊指著隔壁家門前，一個蹲在地上哭泣的亞洲小女孩，邊以法文問我：「那是妳女兒嗎？」

我直率回覆：「不是！」當時女兒快遲到了，我便沒時間停下腳步，來追查小女孩的背景，但我瞄到已有幾個友善的鄰居圍著女孩關切著。

我心想：「都有大人陪在她身邊，他們會陪伴她，直到找到媽媽的……」

我偕著女兒，快步奔向學校，途中驚見韓國鄰居媽媽獨自往家門方向走，我霎時恍然大悟，急問她：「你是不是剛送兒子上學回來？」她輕鬆地點點頭，我鍥而不捨，又再問：「你女兒是不是待在家？」

她理所當然地點點頭，我大叫：「不好了！你女兒跑出家門，她在人行道上啜泣，很多人圍觀，你快回去！」她煞時像被解穴的人，抄起手刀，急如星火地往回衝！

待我返回家門前，人群已散，小女孩與媽媽亦不在現場。想當然爾，母女已安然團圓回到家中。我沒再去按韓國鄰居門鈴關切，一是不想給對方難堪，二是韓國媽媽此時絕對是驚魂未定地安撫著女兒，我就別去湊熱鬧，會加深對方內心的陰影。

但我為她捏把冷汗：「如果那群好事的鄰居裡，有人過度熱心地去通報社會局此事件，韓國媽媽可能從此再也見不到女兒了！因為社會局會以『媽媽單獨留幼童在家』的理由，認為這是個「失職且不適任的媽媽」，進而強行帶走孩子，交由寄養家庭養大……」我的顧慮並非空穴來風，而是從熟識朋友口中知曉此處社會局的「大有為。」

兩年前，在朋友兒子的生日會上認識某個江蘇媽媽，朋友事後私下告訴我江蘇媽媽的心酸遭遇。江蘇媽媽來魁北克的第三年，與丈夫離婚，成為單親媽媽。之後她再嫁，一手撫養與前夫的十歲女兒，一手照顧與現任丈夫剛生下的女兒。大概是求好心切，十歲大女兒表現不好時，媽媽會施以體罰，女兒憤而自行打電話向社會局舉報「媽媽打我」的情形，社會局二話不說，就將女兒帶走，交由寄養家庭撫養，自此之後，江蘇媽媽每月得奉上生活費給寄養家庭，撫養大女兒，而且只能在社工人員陪同下的固定時段，與女兒會面，直到女兒十八歲成人為止。

這段悲劇讓母女分隔八年之久，每每在難得團聚的片刻裡，母女淚眼相對，母親哭到眼淚都乾了，女兒也終於明白還是自己的媽媽好，別人怎會對你「視如己出」呢？

聽聞這案例後，究竟社會局在此案例中到底是「助力」或「阻力」？社會局的介入成就了誰的人生？或完善了「哪部份」親子教育呢？

直到昨日，我在臉書上看到一則美國的新聞，提及一名華裔媽媽因為用筷子打了小孩的手，被隔壁美國鄰居向社會局報案，孩子就此被帶走，往後四年，母親為了爭取孩子監護權，還與寄養家庭進行許多法律攻防戰，最後在臨門一腳前，母親得了癌症過世，功虧一簣。

讀完這則新聞後，我的心情久久不能平復！此後每當我目睹或親聞社會局可能介入的教養個案，我都會格外謹慎觀察後，方才下註解或判斷，絕不輕易選邊站。或許局外人往往只知其一、不知其二，隨意選邊站而鼓譟起事，也許會誤了孩子的一生。

台灣友人總羨慕我能移民國外，我的感想卻不那麼單純樂觀。我最誠實的感受是：「移民」這件事情讓我生命的寬度與深度都變開闊，或許上天讓我移民，是為了給我更多寫作的靈感吧？

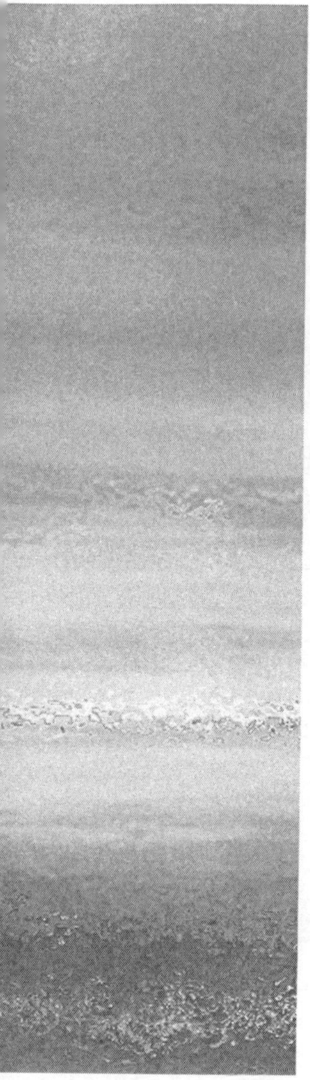

卷二

溫情時光

靈魂拼圖

挑高的大廳裡，一群學生熱烈討論作業、另一眾學生團坐大理石椅上嘩笑喧鬧著，成堆背包散置在地。我花了三分鐘逡巡，遍尋不著棲身的空間，正欲轉換陣地時，右後方傳來：「找位子嗎？」皮膚黝黑的女孩以英文詢問，扁平的鼻樑讓我聯想起好萊塢電影「西貢小姐」的女孩。

「坐我這吧！」她把背包挪至一旁，用下巴取代食指，示意我坐下。

我安坐一旁，對她釋出甜度甚高的飽滿微笑。我翻開教科書第一章，準備預習第一堂課，她好奇地上下打量我，尾隨一陣驚呼，你和我修同門課！在友情的荒蕪之地，她的熱絡捎來他鄉遇故知的錯覺，我的好客性情被觸發，傾倒出蘊積心間的校園故事。她的母語是柬埔寨語，我的則是中文，英文是我們的共通語言。

那個尋常清晨，落地窗擲入一束陽光，兜罩著我倆，諭示我倆的生命線開始交集。

我與Ｍ不同科系，卻有兩堂共修課。下課後，當那群數學符號大軍跳脫腦海，她的臉龐倏地占據我眼前，我眷戀著她，不是利益共生、沒有八卦交換，純粹只是喜歡，常常是靜默兩頭，偶爾溫柔凝視，便感全宇宙與我們同在。

人類一出生就哭泣，然後慢慢學習微笑。M是款催化劑，她加速產生我的微笑。

某次，有道數學證明題纏煩困擾我一星期之久，請教M時，她秒讀題目，下筆如有神，專注的眼神、靈活的思路、神氣的快活，我似被吸入少女漫畫的褶頁裡，美妙星辰清脆散落，夢幻飄逸。她兩分鐘內即證出此題，我欣羨稱奇，肅然起敬，不愧是工程出身、轉讀數學系的高材生啊！

她出眾的成績撩撥人性善惡的兩端，每週交作業前，素昧平生的同學竟厚顏索討解答，背後不忘數落她不修邊幅的外型，靦腆的她寧可在別人的嫉妒與訕笑中立身，卻不肯棨實學習拒絕的藝術。

正因同學屢次抄襲她的作業，引起老師誤會是她剽竊他人作業，對她下最後通牒。那日在教授辦公室裡，老師當她是囚犯反覆詰問審訊，她一身硬氣傲骨，始終沒供出其他同學，好一條女漢子！莫非乃林冲轉世？

眼睜睜看她成全包容到近乎逆來順受，我常氣叫連連，她仍一派豁然大度。

午飯時刻是我們的歡笑時光，我喜歡聆聽她說話，說家鄉事、城裡事、心裡事，全程目睹她把午餐盒滿滿的米飯一掃而空，我都撐了。

她吃飽喝足，心滿意足地說：「我老公說當我心情不好時，只要趕緊遞碗白飯給我，立刻警報解除，我便快樂似神仙！」她是「無米不歡」，我是「無友不歡」。各類疑難雜症、移民生活的障礙與困難，她鍾愛探詢我的意見與判斷。她戲謔笑稱：「你是我今生的 opinion 女王，沒人能取代你在我心中神聖的地位！」語畢，我倆的大笑聲連綿不絕到天邊！

我的執拗與不妥協，她的退讓與不爭執，形成最佳對照組。我們互相成就，就像兩塊互補的靈魂拼圖，這是造物者的深心與慈悲。

有回，她的 iPad 傳來「新鴛鴦蝴蝶夢」的熟悉旋律，我湊近看竟是包青天的古裝劇，金超群和何家勁的版本。我瞪大雙眸，仔細對比，如假包換的包青天、講柬埔寨文的包青天、說外星語的包青天！我好奇反問：「你懂這故事嗎？」

「廢話！有柬埔寨語的配音，怎麼會不懂?!」哎呀！失言失言！搭配當地語言的配音，觀眾們當然懂得劇情，不然電視台怎麼敢播？

她津津有味的觀影經驗讓我感悟，語言隔閡是天然的磨砂紙，持續刨光發亮我們的友情，卻巧妙不損絲毫質地。

性格迴異的我們仍有共通點，我們都難忍蒙特婁的凜冽寒冬。雪地裡，像兩頭被處罰而不許冬眠的熊，委靡不振，意興闌珊，厚重的衣物搭配不合時宜的體溫，無法穿行時空重返溫暖故鄉，只得困在北美追隨蘇武了。

置物櫃是我倆的祕密基地，深知她節儉，不願買計算機，我刻意多放一台計算機供她考試運用。那日我在置物櫃前，像購物頻道主持人口才辨給地介紹各項校園生活法寶：鵝黃色的折疊傘、歐風購物袋、杏仁口味的巧克力條、五彩繽紛的衛生棉。我熱情推薦：「這是有翅膀的喔！生理期忘了帶，就來這裡拿。」

她姿態安靜，如虔誠的宣示：「我生女兒時，產後大失血，美國醫生當機立斷把我的子宮和一側卵巢切除，我再也不會有月經了。」氣氛瞬間僵凝，她的連串字句如被颱風吹落的招牌不偏不倚撞在我的腦門上，我的愧疚隱隱作痛。

女兒在美國出生後，她邊攻讀博士，邊照顧新生兒。丈夫順利在蒙特婁覓得新職，她只好中斷博士課程，全家三人到蒙特婁展開新生活。失去博士夢的落寞令她如遠處黯淡的星辰，隱隱散發鬱寡的氣息。

在聖誕節前夕，她捎來幸福的消息，邀請我正月到柬埔寨參加她弟弟的婚禮。羞澀閉塞的她高談闊論，以前柬埔寨的婚禮至少十天十夜，每日都有不同儀式舉行，如今縮短為三天三夜。她滿腔期待地計畫著：「你來吧！吃住看我，我當導遊，帶你去越南和泰國玩！」

「你會說泰語？」

她意氣揚揚：「我會說柬埔寨語，基本上也會說越南話和泰語。」

「柬埔寨語從泰語發展來的？」

「不是！」她飛送我一個白眼。向來謙順溫馴的她首度露出此般神情，我莞爾一笑，毫無被冒犯的錯愕，反覺得她異常可愛。「泰語是從柬埔寨語來的，泰國文化是從遠古的柬埔寨文化發展而來。」那陣子，我手機裡的對話框滿布金光華麗的柬埔寨禮服，我們像要赴宴的公主，興奮挑選禮服。

深冬嚴寒的夜晚，鏟雪車的轟轟聲充斥大街小巷，我們窩在七樓的學校餐廳一隅，湊在iPad前，她上網搜尋老家的矮房、門前街道照片，一一展示越南景點、泰國古廟和柬埔寨的地標景觀，線上旅遊臨場感十足、輕鬆過癮！我向來眼尖，赫然發現地圖裡的路名是「毛澤東路」，毛澤東怎麼跑到柬埔寨去了？

「這是中國協助我們鋪的馬路。你想去柬埔寨什麼地方玩呢？」

「我想去吳哥窟！」去尋找電影「花樣年華」裡，周慕雲傾訴心事的石洞，然後將耳廓輕靠其上，重溫那段在湮遠的年代，令人哀婉悱惻的情愛。我更想拜訪M的家鄉，究竟怎樣溫厚的土地能養育出這麼善良的人呢？

這日窗外飄著瑞雪，我琢磨著線性代數的證明題，她忙寫統計學的作業。我與她相對而坐，以眼神監探著她的狀態，這類型的沉默最高可達兩小時，每當這股低氣壓來臨時，焦灼煩悶的情緒常壓得我喘不過氣來。終於有一回，她敞開心扉，娓娓道來她不為人知的身世。

十六歲芳華時，她的雙親在半年內相繼染疾過世，定居美國的姊姊業已嫁人，無法把她與弟弟從柬埔寨接出來，他們頓成孤兒，輪流寄住在不同親戚家，從此她的人生際遇發生不可逆轉的改變。無所依憑的窘境讓她變得壓抑拘謹，竭力隱藏喜怒哀樂，避免與他人正面衝突，只懂委曲求全。

「我以前的性格也像你，遇到不公平、不正義的事情，一定反抗到底！父母過世後，我無法這麼隨興了。我得看人臉色過日子，於是我學會忍耐。」平鋪直述的口吻令我揪心得不知所措，遂變得欲言又止。她的臉面似刷上一層白色新漆，平整稀疏的表情引領我飛入一平行時空，該傾力安慰或若無其事地延展話題呢？

童年的重大變故持續對她的生命產生連鎖效應，從校園到職場，從職場到婚姻，壓抑、忍耐、掩飾、隱藏構成她待人接物的基本流程。

期末考前夕，學生們慨歎時光如風一樣的逸遠而去，來不及追悔，還得獨力收拾遺留下的殘局。我們一頭栽進末世降臨前的無助徬徨裡，戮力讀書、勉力複習，祈求生機再現。

當手扶梯滑落大廳時，映入我璀亮雙眸的是為期末考熬出泡泡眼的M，她癱坐於石椅上，流盼的眼神圈繞住我，急切問道：「考得如何？」

方才的期末考實在太驚險，我的笑意變得深邃。考試開始後，我能感應到全班寫題速度頗為一致，大約同一時間點，全場氣氛凝滯，推估大家都寫到那題驚人難解的證明題，眾人心底的掙扎紛紛轉化為無聲的呼號！唉，眾生共業大概就是這副景象吧？我真是欲哭無淚，遺憾其他題目都涵蓋準備，卻栽在這一題上？我的心在胸腔裡狠狠擂擊著。生死關頭，山窮水盡，只能閉目冥想，如入定老僧，幻想自己是M，會如何寫這道題呢？

我的神識從考場飄忽到平時和M相依偎、寫作業的走廊沙發，赫見M振筆疾書的身影，她演算數學時的紙上操兵、字句教導、聲喚叮嚀，忽然福至心靈，彷彿無字天書在我眼前開展，M寫證明題時的邏輯思維躍然眼前、一道道數學公式歷歷在目，頓時打通我的任督二脈，我的筆被緊實上足發條，鏗鏘有力地滑動著，終於寫到最後一行，完成證明，圓滿達陣。

M預先買好A&W的地瓜薯條，作為我們征服考試的犒賞品。此時桌面上熱騰騰的地瓜薯條生氣蓬勃地冒著氣，香氣誘人。甜軟厚實的薯條口感令我想起台灣頂呱呱的地瓜薯條，無獨有偶，這也是M在柬埔寨最常吃的童年零食。地瓜薯條是我們成長記憶的象徵符號，是我倆對故鄉拐彎抹角的思念。

一片暮色中，我心念流轉，思及她的童年遭遇，忽一陣鼻酸，那麼潔淨純善的人為何得經歷如此乖舛的命運？從未與M如此際遇的人相知相惜，她攜來那麼多扶助與關懷，而我能給的卻那麼少，當真是無以為報，一股欲淚的意想蠢蠢欲動。回首來時路，她始終負重前行，我豈能增加她的負荷？我按壓下鼓譟的哀傷，發心將永遠回以斑斕的晨曦，不讓她再經歷憂傷與低潮，這是我守護她的方式。

我揀選一條格外金黃的地瓜薯條，塞進嘴輕咬一口，咀嚼幾下後，發自內心的激盪牽動我的嘴角，我口氣格外清朗：「考試很順利！今天的薯條特別道地呢！」

（本文刊登於二〇二一年一月號　講義雜誌）

害怕深陷情海的女人

我瞄了一眼儀表板，時速已來到一百二十公里，兩側窗外的天色猶如灰黑兩片緞帶高速滑行，我的視線順移到時刻顯示欄：17:30，右腳不禁更深一重地踩壓油門，老舊的紅色 Benz 油門死活催不動，我緊握方向盤的雙手不敢放鬆，視覺回正，遠眺前方筆直路面，落寞地暗忖著：在晚餐前，我和車主小宛勢必無法趕回蒙特婁。

小宛用英文告知我，遠在我坐上駕駛座前，她早已將愛車定速在一百二十公里，免得被警察開超速罰單。她進一步說明：「紅色車太顯眼，容易被警察從遠處鎖定，稍一超速，馬上被抓！」我點頭示意收到訊息，讓她前傾的身軀放心地仰靠回椅背上。

三小時前，我倆從多倫多出發，驅車回蒙特婁，協議好我開前半段車程，她負責後半段。我駕車時，她節制地用某種設定好節律的速度與我對話，就像她節制這台車的最高時速，這種一絲不苟的人生態度大抵是多年藥劑師從業經驗留下的副作用吧！

定居在沒有大統華超市的蒙特婁，每回她到多倫多拜訪最親暱的舅舅時，必到大統華超市買最愛的零嘴、母親烹飪不可少的酸菜、韓式烤肉盤等等。我的「吃貨魂」藉機竄出體外，大肆作亂，在車廂內雀躍跳盪，散播多倫多的中外美食情報，以及多年前朋友帶我去過的義大利美食景觀餐廳。平時面容嚴肅的小宛放下戒備，舒眉臥靠在副駕駛座，隨著不同話題輪轉，她語調時而沉吟，時而輕快，與其說我喜歡這樣的談話氣氛，不如說我更盡興於親睹小宛個性裡的不同風貌。剛與她結識時，她木訥憨直；討論工作時，她自信嚴肅；開車上路時，她淘氣直率。

談話氣氛漸次熱絡，小宛的思緒飛揚，叮叮咚咚地敲開童年時光的記憶盒，回憶片片段段從盒口釋出、飄散、旋逸、低迴在兩個女人的臂膀之間。小宛是越南華僑，爺爺當年逃越共，以難民身分申請庇護，移民加拿大蒙特婁。剛落地加拿大這片土地，爺爺就在越南同鄉會的幫助下，以低於市價的划算價格頂下一家中餐館，身形嬌小的第一任奶奶韌性堅強，戮力經營，一肩擔起所有庶務與管理責任，是越南女性吃苦耐勞的典型代表，可惜守護得了家業，卻治不了風流倜儻的爺爺。爺爺從餐廳開張那天開始，便情史不斷，源源不絕的年輕女侍應生是爺爺的溫柔鄉、情人團。

「我覺得，我都快五十歲了，還不敢談戀愛，全拜我爺爺的所做所為，讓我不敢信任男人！」即使開車的我，雙眼必須看管好前方，她失望的口氣還是熱呼地燙了我的臉頰。

大概操勞過度，第一任奶奶還沒來得及傳宗接代，就撒手人寰，大男人的爺爺理所當然就續房了。第二任奶奶就是小宛的奶奶，在婚姻裡奉獻二十多年青春後，逃不過被爺爺背叛的宿命，這次，高齡六十二歲的爺爺有了新的外遇對象，閃離奶奶，立刻迎娶第三任、年方二十八歲的小嬌妻。爺爺生前留下三個兒子、四個女兒，不得寵的小宛奶奶即使握有生養兩個兒子的籌碼，財產依舊全數進了第三房的口袋。淨身出戶的奶奶自此與爺爺分道揚鑣，刻苦經營洗衣店，勉強餬口度日。

「我人生的第一份工作不是加油站的工作人員、不是藥房的結帳人員，而是洗衣店的店員，那時候我才六歲……」原來年僅六歲的小宛放學後，在奶奶的洗衣店打工，她的工作就是幫客人裝洗衣粉、掃地、擦玻璃等等，工資是每日一個 quarter 的加幣，這些小銅板的歸屬是一個小豬撲滿，之後好幾年光景，每次撲滿滿了，她的一貫作業就是攜帶撲滿裡的一大袋銅板，到銀行換成紙鈔，農曆年前，將之換裝成兩個紅包，一個給媽媽，一個送奶奶。

她尤其喜歡膩在奶奶身邊，聽她說當年越南的風土民情，以及如何與家族展開逃難之旅，躲避越共的襲擊。

「我印象最深的就是，奶奶說她爸爸當時大衣裡縫了好幾層暗袋，全部塞滿金條，到了渡船頭，過河後就有預先安排好的車子接應，眼看越共的軍人要追上我們，說好三根金條載全家過河，船伕居然趁人之危，臨時改口要價一人得收一根金條！兵荒馬亂之際，她爸爸哪有時間考慮，唯有一口答應，夾層裡的金條全交出去，她們一家才能順利到機場，飛到蒙特婁，之後才有我啊！這就是我的家族歷史！」一我被小宛這番話震動，當時的人遭逢的是何等的生死關頭啊！拽著金條的絕命大逃殺！

能坐擁如此多的金條，在當時的越南肯定是大戶人家，來到蒙特婁後，面對白手起家的命運，沒有怨天尤人，只有勤勞刻苦，這一直是越南華僑家族歷史令我著迷的魅力。他們堅韌平和，沒有憤世嫉俗，只有慈悲滿懷。有一回，小宛幫助印尼海嘯賑災，她第一時間捐出兩千元加幣，她說：「這些苦主家都沒了，我很能理解他們的處境感受，當年我奶奶不就遇到這樣的災劫嗎？」那一刻，我覺得突然重新認識小宛，平時不善與人交的她，卻有著很通人性的善解。

隨著時光遞嬗，小宛進入 college 就讀，亭亭玉立的她經常被別人的感情世界所圈選，不少白人男孩追求她，她一視同仁，皆是不理。

「為什麼你不談戀愛呢？在這裡談戀愛，尤其在 college 階段，稀鬆平常，並不是什麼禁忌啊！」真是皇帝不急，急死太監！我深信，任何人都有追愛的權利。

「我不能談戀愛！談戀愛會花掉我許多時間，我成績就無法那麼好，怎麼申請好大學呢？進入好大學是我減輕父母負擔最好的方法，也是改變我生命最快的捷徑！」我的一顆心漸漸滑落下來，我轉趨冷靜，是啊！她熱情擁抱生命之餘，尚能冷眼旁觀世事，何等從容！何等睿智！

不知是否小宛喜歡上「與愛情捉迷藏」這個遊戲，她總與真愛失之交臂。或許她的心底深處還受爺爺那樣風流的男人陰影所籠罩，又或者，照顧媽媽與奶奶的家庭責任凌駕於個人婚戀之上。幾次無疾而終的相親、幾回春光乍現的相戀，年歲漸長的她愈發害怕深陷情海，談起婚姻戀愛，她提不起勁，興趣與期待全失，彷彿愛情是個比「與愛情捉迷藏」更乏味的遊戲。

我在蒙特婁這個大城市裡，形形色色的女人都遇過，像小宛如此拒絕談戀愛的女人，並非少數。在什麼都能模擬與仿真的年代，我們追求假象，探求真實，一時之間，趨之若鶩，欲罷不能，對「追愛」這個社會活動卻大而化之，可有可無，淡定處理。

不知是小宛奶奶太偉大或是小宛太偉大，手握方向盤的我，努力盯緊前方路面的白色分隔線，突然深深地感傷起來。

（本文刊登於二〇一九年一月二十五日　女人迷網站）

以生命觸動生命

自從定居國外後，豐富我生命廣度的不是北國的異鄉文化，而是一群背景多元、來自各國的娘子軍們。

每次聽青峰的歌「無與倫比的美麗」，都讓我聯想到伊朗女人，她們給我清一色的感覺是「無與倫比的驕傲」，不論青年老少、不論環肥燕瘦，那從骨子裡透出的強悍，直逼心脾。她們不畏強權，威武不能屈，好一身傲骨！

猶記得我生命中最早出現的一位伊朗女人，是位護士。當年一塊兒在college修習化學課，她的英文流利，每回下課，我倆結伴同行，是通勤的好夥伴。彼此間的對話，無論鑲在地鐵車廂中、抑或崁在公車車體裡，都是鏗鏘有力，擲地有聲，像行軍般的確實篤定。倘若不巧遇上私密的問題，她不會害羞，依然如常回答；如果不幸碰觸敏感的話題，她不會退縮，仍舊平靜面對。好似每個問題都在她的成長過程中被模擬過千遍萬遍，那是來自強國子民的踏實，從靈魂深處萃取出的、一種不卑不亢的自信！

後來，參加朋友的聚會，一踏入聚會場所的室內，我只消兩秒鐘的眼波流轉，便能分辨出誰是伊朗人，那可是經由三生三世的輪轉、堆疊成形的自信，無與倫比！怎能忘懷？

在大學課堂裡，曾聽聞外文系老師說過：「猶太人其實和華人很像的！都很愛吃！」當時涉世未深的我，只當作是一段寰宇新知，聽過就算了！直到我在國外展開求學之旅後，回望來時路，方才領略老師字句裡凝聚的精華。

在我精算系的同學當中，許多白人同學都是猶太裔的背景，每次需要分組交作業或報告時，往往都是猶太同學第一時間認領我到他們的組內。起初受寵若驚，而後方才恍然大悟，因為他們很理解華人的特性：懂得顧全大局而縮小自己！是會做事又好打發的合作夥伴！悟出他們對我的這層「定見」後，我的不快漸漸變成一種不安，常覺得自己似乎裸體站在他們眼前，連一根細微的髮絲都被放在顯微鏡下放大來看！好像一種潛意識下的魔障，怎樣都逃脫不掉他們的法眼，究竟是哪裡出了錯？或是哪裡脫了軌？

幾次沉澱心神後，我理出頭緒，「猶太人」這個名詞在我的「說文解字」裡，就是白人的外表之下，包裹著華人的靈魂。他們看人的眼神是華人的審視味道，問話的態度是華人調查對方祖宗十八代的步步進逼；待人接物時，把持著一份恰到好處的算計，挺熟悉的感覺呢！

爾後，另一幫與猶太人對立的穆斯林朋友走入我的生活之中。與我最親近的就是我的埃及鄰居，她的浪漫天真，讓我心醉！她對於美的事物特別容易感動，尤其對弱勢很關懷，每當我大考前，感覺考運不順或者內心忐忑，將困難與煩惱轉述於她，她總不忘幫我向阿拉誠心禱告，有時心煩意亂的我忘了告知她準確考試日期，她真會紮紮實實、不離不棄地為我禱告整整三個月，能有這樣的朋友真是三生修來的福氣！

在大學殿堂的文學課堂裡，認識幾位東歐女人，他們給我的感覺不似穆斯林，少了股虔誠教徒的韻味；比起魁北克女人，少了一種特立獨行的美感；比起俄羅斯女人，又少了一種外放。她們好似游泳的浮板，可以隨波逐流，卻又拽著一種硬梆梆、死板板的感覺。

緊接著我邂逅大學同窗好友阿瑞妮，來自亞美尼亞的她，是個虔誠的基督教徒，為了組織屬靈的家庭，她謹守處子之身，我對她如此這般的婚戀態度感到新奇，因為能做到這點，除了得抗拒誘惑，還得多份堅持。她的家規是不許和外族通婚，唯一合格的婚配對象是同為亞美尼亞族的男性。

「為什麼不能和外族通婚呢？」我睜大眼睛，平靜地擲落字句。

「因為當年土耳其人對亞美尼亞人的大屠殺，導致我們這族成為人口稀少的民族，如果不和同族通婚，我們純粹的血統會愈來愈稀薄，最後整支民族會式微，進而帶來滅種的悲劇啊！」這樣的對話不似好友間的尋常對話，更像是National Geography 頻道所播放的旁白。

至於俄羅斯女人的保守，是從我的數學老師和鄰居身上感受到的。我的數學老師來自俄羅斯，即使她擁有數學與物理的雙博士學位，每天到了下午四點，她依舊得趕回家，洗手作羹湯，料理丈夫與兒子的晚餐，在二、三十年的婚姻裡，她的丈夫從不下廚做飯。她也認同如果讓丈夫進廚房，是她作為妻子的失職。當我得知這樣的訊息，我很訝異！這麼能幹且獨當一面的大學教授，卻困在這等風貌的婚姻裡，反差太大，不知該如何反應。

有一回到俄羅斯鄰居家作客，她的俄羅斯丈夫見我進門，連招呼都不打，一副女人家們串門子，不足一提、無須理會的態度，非常大男人。俄羅斯太太靦腆地對我笑笑，也不敢打擾她丈夫的模樣，令我想起東北朋友曾對我說：「許多白俄羅斯的女孩都想嫁到中國來，其實也不圖什麼，就圖中國男人不會喝酒後，發酒瘋打人！我們東北那裡，經常在中俄交界和俄羅斯做生意，許多俄羅斯女孩為討好顧客，都會講漢語、更會唱中國民謠呢！」腦海裡轉過這則陳年往事，再看看眼前的俄羅斯太太，我決定識相地保持沉默。

有位單身的魁北克朋友曾遇過白人男同事拿了一本型錄給他參考，翻開封面，第一頁就令人震撼與尷尬，每一頁貼滿年輕女孩的照片，下面寫著名字、出生年月日、身高、體重與興趣，這不是小學生輪流傳寫的畢業紀念冊，而是「郵購新娘」的目錄，所有青春娉婷、婀娜多姿的肉體，都被收錄成檔案照與基本資料，存放在裡面，期待有緣人能把她們帶回家，物化女性的極致呈現啊！沒想到在先進國家加拿大，許多次種族團體裡，仍然承傳著舊式文化的窠臼與弊病，是人性保留了它？還是人性發揚了它？

魁北克的女人是什麼模樣呢？以前常常有許多感受與字句想用來描繪魁北克的女人，這些吉光片羽常稍縱即逝，有時我感覺抓到它的尾巴了，硬踱著進入我的形容裡，卻又因過度用力而壓碎了它，於是總沒法明白地說出個一回事。後來在電影院裡看了一部動畫片，當下大喜異常！這部電影完全具象生動地把魁北克女人的形象，活靈神現地表現出來，那就是 Mission Kathmandu: The Adventures of Nelly & Simon。

這部魁北克的動畫片在二〇一七年首先上映第一部，當時看的時候，大腳怪 Yeti 的形象沒有震撼我，反倒是女主角 Nelly 的形象攫住我了，因為她就是魁北克女孩的化身，比亞洲女性更大剌剌，穿衣服品味又比一般的北美女人上乘一些，可是脾氣有點大，對於不順眼的事情一定當場表現不爽，就算不明說，也會擺臭臉，讓你知道她不笨、她不好惹。時而有孩子氣的一面，興之所至會對男人撒嬌一番，但骨子裡並不真那麼依賴男人，更多時候會自作主張，我行我素，未必服膺大男人主義的舊式文化。

有時想想，如果沒有認識這群女人們，我無法如此迅速地融入國外的生活步調。是這些形式各異、內涵多元的女人們，用靈動豐沛的生命故事，滋潤我人生的閱歷，拓寬我生命的廣度，讓我的生活閃閃發光！

無私

在昌阿姨獨居的小套房內，她的一生如同電影般在我眼前播放著。

矮舊的烏沉木書桌上方是一張泛黃斑駁的護士證書，那張五十年前青春飛揚的嬌顏綻放在滿滿的法文字旁。懸掛在側的是她父親頒發的「獎狀」，毛筆書寫的字樣：賢兒靜修協助輔導小弟一路讀書，小弟終於成功考取台灣大學經濟學系，特出示此證嘉獎靜修。

我的視線被流金歲月的痕跡引流到房間各處，我看見三歲的阿姨笑靨燦爛，雙眸純真，一身和服木屐依偎在慈藹母親的大腿邊，我揚睫想探問她母親的二三事，她即刻從我的肢體動作領略我的意圖，「那是我阿嬤，這張照片是我母親去世兩個月後拍的。」我霎時雙頰緋紅，彷彿被觸動傷心往事的是我，而不是她。

高齡八十二歲的阿姨在三十歲時圓了移民夢，一句英文都不會說的她拎著一只皮箱，與兜裡的一百元美金相依為命，從台灣遠渡半個地球的距離在加拿大魁北克省落地生根。

那時加拿大鬧護士荒，沉重滿載的工作量與種族歧視濃厚的灰暗職場打不倒她，她在異鄉咬緊牙關，挺過大小艱辛苦澀，短短一個寒暑，她已是一口流利英語。每到發薪日，她便趁午休空隙，飛也似地直奔銀行匯錢給台灣父親，排行老五的她毫無怨尤地一手接濟四個兄姐的生活所需，一手拉拔五個弟妹長大成人。

我以尋幽訪古的心情巡禮著，細細端詳另一面滿是親友合照與書信的貼牆，卻瞠目結舌地發現她的遺囑赫然擠身於其中。

她見怪不怪地抿笑著：「我老早把身後事和喪葬費都交代樓下管理員，要是他連著幾天都沒看到我下樓出門，請他不必顧忌，自動拿備用鑰匙開我的房門，替我收屍啊！」窗外涼風竄入屋內，水藍色窗簾飄飄蕩蕩，簾後深處似有鬼魅埋伏其中。

昌阿姨的父親是鄉下小學老師，平生共有四任妻子。她的母親是第一任妻子，隨著前三任妻子相繼病故，父親連連續弦，直到娶了第四任妻子才終結鰥夫的厄運。父親微薄的薪水養不起十個孩子，只好在借貸中掙扎度日。童年反覆的經濟困頓讓阿姨及早立下人生志向，等她十七歲護校畢業，就投身職場，在醫院當護士，替父親分憂解勞。

「我在台灣醫院上班時，可是很能幹呢！醫生和護士都私下戲稱我為『理事長』唷！表示我很會處「理事」情！那幾年在台灣當護士的經驗讓我比加拿大剛畢業的護士都厲害！我的醫學知識比他們多，連同事有問題都來請教我呢！」我在她那雙會笑的眼眸裡看見滿溢的驕傲與自豪。

她是個從未讓父親失望且有求必應的乖巧女兒。當她的小弟台大畢業後，攜著新婚妻子來到 McGill 大學攻讀博士，她再次發揮全能的姊姊角色，一圓弟弟的博士夢。弟媳初期不適應魁北克的法語環境，夫妻間常在嘔氣中吵架度日。她便姑代母職，小夜班下班後的凌晨時分，她拖著疲憊身軀返家後，草草梳洗便上床入睡。當日清晨，無論再睏怠疲病，她必定起身張羅侄子與侄女的早餐，再送他們到幼兒園上課。返抵家門後，旋即化身為萬能女傭，灑掃清潔、洗衣下廚，一手包辦。近午時分，她重現下班時的滿臉倦容，再度出門上班。日復一日，年復一年，她毫無怨尤地資助弟弟一家，直到侄子遠赴美國攻讀醫學系。

「後來弟弟一家到美國定居，我又孤家寡人了！」她的口氣平靜地像在講述那久遠的傳說，局外人的我卻膠著在傳說的哀傷之中。

歲月無聲，她的手足如今皆為高齡七十歲以上的老人，各有家庭，如何能移居加拿大照顧獨居單身的她呢？為手足犧牲奉獻大半生的孝順女兒，竟落得孤單寂寞的異鄉人下場。

她遠眺窗外的教堂鐘塔，一邊緬懷往事：「雖然我一輩子未婚，不過我曾經有過兩個孩子。」我驚愣原地，難道她未婚生子？她不急不徐地補充說明：「我是領養我妹妹的兩個孩子，讓他們入籍加拿大，他們和我同住的那五年，是我第一次覺得在加拿大有個家……」話語瞬間被空氣吞噬而消聲匿跡，我下意識抬眼望她，只見她眼框內蓄滿淚水，盈盈欲墜，我的喉頭亦哽咽發緊。

她另起話頭：「後來我妹妹一家都辦妥移民，他們忙著一家團圓，當然沒時間來找我啦！」她自我安慰的聲調撩撥著靦腆羞迺、皺紋密布的風霜面容，我感到鼻頭一陣酸楚，眼淚就快掉下來。此時遠處教堂的鐘聲迴盪在藍得沁心的天際裡，繽紛散射的陽光像落入凡間的精靈在房內嬉鬧鼓噪。

「我也有機會成家，可是一個人在外打拼很辛苦的！很多事情都要考慮再三，我那時一心一意只想多賺錢幫忙養大弟弟妹妹。不然也有醫生追我喔，只是我不要而已！」如山嵐般凝重的哀戚被她俏皮裝萌的語氣給吹散開來，漸散漸遠。

「你回顧這一生，曾經後悔過你的決定嗎？」此話一出，鏗鏘的字句不約而同地墜跌在我的腦門上，一長串叮哩咚隆響，我霎時神經緊繃，令人悔不當初的莽撞啊！

她像個優雅的女伶兀自徜徉於即將吹起熄燈號的華麗劇院裡，對著空蕩無人的觀眾席優雅地行禮：「怎麼會？我幫助弟弟妹妹這麼多，我以自己為榮。而且我看到他們家庭圓滿，事業有成，這就是我一生最大的成就！」她指指牆上那張獎狀說：「你看！我爸爸只頒發獎狀給我，我的弟弟妹妹從沒拿到過這張獎狀喔！」

一股感慰人心的力量傾注入我的神魂之內，此時我握筆的手雀躍敏捷地在紙上持續滑動著，滑動著……

（本文刊登於二〇一六年一月號　皇冠雜誌）

最後十天的法力

夕陽餘暉從飄盪的紗質窗簾間篩漏到琥珀色的波斯地毯上，晚風清舒，滿室馨香。經典卡通「藍色小精靈」正在電視機裡播出，我端坐在餐桌前，眼看許多藍色小精靈一路被壞蛋賈不妙追著跑。我不敢掉以輕心，連呼吸都變得輕柔，卻仍依舊不忘注意著電視機前鄰居兩個孩子的動靜。

我的埃及鄰居是虔誠的回教徒，這天她邀請我到她家茶敘，正巧碰上她祈禱的時段，她套上回教徒女性慣用的白色頭巾，面向窗外站立，以食指在額頭與左右肩膀點觸後，開始一連串的跪拜祈禱。

祈禱其間，我曾見她跪坐於自己的大腿上，口中念念有詞，同時食指在大腿上規律地拍打著，然後五體投地，恭敬地磕起頭來。她沐浴在暖韻鵝黃的夕陽中，周身隱隱散發著光環，靜美而殊勝。

她祈禱完後，稍稍整理長裙下襬的衣角，揚睫對我說：「這幾天我一直想去問紅十字會，看看能怎麼幫助巴勒斯坦受苦的孩子們。」她慎重地緩緩道來關於回教齋戒月 Ramadan 的神聖意義與最後十天的法力。

據說齋戒月是神聖而充滿希望的月份，虔誠的回教徒在這個月中，每天只得在太陽下山後進食，日出後不得進食，但能喝水。戒律規定他們要在齋戒月裡，盡量多向真主誠心發願，全心祈禱跪拜，真主會在齋戒月的最後十天裡，實現你的願望。

玄妙的是，人們無法得知願望到底是在十天中的哪一天中實現。這最後十天的法力成為教徒們最重要的心靈寄託與親身體驗神蹟的寶貴機會。這日恰巧是齋戒月的最後十天期間，而在這時段的前後，世界紛擾不安，以巴戰爭、馬航空難、復興空難接連發生，她總在祈禱時，為這些戰爭與空難犧牲者祈福。

她刻意呼喚孩子們進房玩遊戲，並且掩上房門，重返入廳堂內，轉開埃及當地電視台報導巴勒斯坦傷亡的新聞給我看，短短的三分鐘內，我看見兩歲孩子被垂吊在樹上，慘遭四五個彪形大漢棒打，打得渾身是傷，奄奄一息；醫院和民宅全被炸毀，斷腿的、瞎眼的、缺手的、只剩上半身的，畫面裡滿滿是血，張牙舞爪的戲劇性包攬著這些逼真的畫面，我幾度以為這是好萊塢電影專用的特效場景。

「CNN 或 CBC 都沒有忠實報導這些當地真實的新聞畫面，太殘忍了！」她顫抖的雙肩與憐憫的眼神就是她表達悲慟的全部語言，「我都不敢讓孩子們看這些畫面！」她難過地哽咽啜泣起來。

我揣思著，就算沒有伊波拉病毒橫行全球，人類遲早都會因自相殘殺而滅絕！我深吸一口氣，緊繃的身軀與凝重的深息表露出我最無力的感慨，她的嘴角僵硬地扯出一笑，尾隨來的幾秒鐘時光內，我倆垂頭喪氣地在電視機前沉默兩頭，新聞畫面像不黯世事的孩童，自顧自地持續播放。

「我們最後還是會贏的！」我瞥見她滿眼的淚，而口氣卻格外開朗。

「你們到底……能怎麼贏呢？」我哀戚而無助。

「我不知道，可蘭經說我們會贏，我們就會贏。只是時間問題！」究竟還得多少時間才夠呢？

我衷心祈願這最後十天的法力強大無邊，既能拯救苦難眾生於水火之中，且能彌平回教與猶太教間的對立衝突，終止人類所有災劫，如果這十天能撫平人類幾千年紛爭的傷痕，何樂而不為呢？

暢談一個多小時後，當她開始當日第三回合的祈禱時，我出神凝望她誠心祝禱的姿態與身影，我邊闔上雙眼，邊吸吐著暮色，亦由衷發心祈禱，心神轉瞬感到與她的內在如此貼近契合，彷若彼此的神魂在沉潛靜禱裡交疊相映，合而為一。

（本文刊登於二〇一五年九月號　皇冠雜誌）

友情萬萬歲

箭白色的快艇疾速衝行於靛藍色的海面上，船尾激起大面積的白色細碎浪花，白碎碎的泡沫如影隨行，須臾即消逝殆盡，一種若即若離的態勢。船艙內坐著老老少少的遊客，同行的小男孩樂過頭，索性下巴跨在欄杆上，黃色球鞋高高低低不停地踢著前方的座位，迫不及待的情緒散發四方。另一側身穿藍底碎花長洋裝、長髮披肩的女子就是謹荷，五官舒坦地安落在面部上，平和溫婉的氣息感染周遭，鄰座的老婦亦被安定下來。

謹荷左手搭著路阿姨的肩，右手緊抓著額前的草帽帽簷，以防被強風颳吹走。這一老一少的女子從蒙特婁到此處，一路顛波，車行幾十個小時，此時此刻，路阿姨疲憊的身形仍然掩藏不住內心強烈的期待，那四十年未曾圓滿的夢想。

忽地船長將引擎熄火，船客們都被這毫無預警的停駛給盪得身子一晃。少了轟轟的引擎聲，霎時一片寂寂湧至，靜，只是表面的意象，依舊罩不住底層的躁動。

「阿姨，我們到賞鯨地點了！」她們隨人潮蜂擁至甲板，高齡的路阿姨邁開巍巍顛顛的步子，相扶持的兩人漸漸落在人群之後，她們費勁地在甲板一長排欄杆邊找到一處空隙，鑽身入縫，憑靠欄杆，和大夥一道引頸企盼。

一望無際的海平線在路阿姨眼前朗朗開展，海風徐徐拂面，海洋的氣息充滿鼻腔之內，那是故鄉的味道！在出國前，出身貧困的她連高雄港的景色都不曾駐足欣賞！她的身子因內心的激動而隱隱顫抖起來，心細的謹荷生怕叨擾她多愁善感的心緒，僅稍稍捏捏她的肩頭，表示知道了！

右前頭，某個白色巨型流線體迅速穿梭在黑晶晶的海水下方，愈來愈靠近船邊，路阿姨的一顆心漸漸被吊起，等待揭曉前的高懸不墜。

眼尖的年青人起頭吆喝：「Beluga! Beluga!」成片波光粼粼，突一龐然大物衝飛出水際，在空中來個漂亮的三百六十度旋轉後，再度躺落海面，水花急急濺上眾人驚異的臉龐，在水氣與熱氣的膠著氣團裡，驚呼與掌聲此起彼落！

左後方不設防傳來另一批群眾的尖叫聲，這頭人馬立刻轉身，風風火火聞聲而至，挨肩疊背在人牆邊東瞧西望，左顧右盼！原來成群的海豚在碧海的另一側集體遨游，整齊劃一，縱身一躍！落水後，迅雷不及掩耳就來個急轉彎，連續朝謹荷所站之處游近，謹荷見機不可失，提高分貝提醒路阿姨：「快！笑一個！幫你和海豚合照！」就在海豚飛越藍天白雲的一剎那，謹荷機警地按下快門，阿姨的燦爛笑靨與手裡那包準備要餵海鷗的蝦味先一併入鏡，記憶裡那份長久的念想終歸告成。

故事得從四天前開始說起。

那一日，阿姨對謹荷說：「我想送你一份生日禮物，陪我去旅行吧！」老女人和小女人的 road trip 於焉成行。

行駛在北美洲無止無盡的高速公路上，有時豔陽從左側全面襲擊駕駛座，有時落日從擋風玻璃前方全力直射，害怕曝曬陽光的謹荷，太陽眼鏡一天十四小時不離鼻樑，幾乎要鑲嵌進她的鵝蛋臉裡。

「能坐你的車真好！」是阿姨唇畔的輪唱曲。謹荷心疼地注視阿姨，腦海裡閃過阿姨的種種生活片段，她深怕觸動阿姨的傷心往事，以一種盡量平淡、若無其事的態度吐出兩個字：「我懂！」

一絲戲謔的苦笑，一縷哀薄的凝望，阿姨的內心戲絲絲地浮出檯面：「你不懂啦！我這種獨居老人都是被欺負的！」

每每阿姨搭計程車上醫院看病，總被司機嫌棄短程而拒載，垂垂老矣的她唯有發揮察顏觀色的求生本領，心頭一暗，尋思一陣，只得屈從，佝僂身軀低聲下氣：

Sorry! I am too old to walk!

搭乘公共運輸系統時，亦是障礙重重。上下公車時，總因行動遲緩，拖累隊伍行進應有的速率，而被後頭的年輕人嫌惡著。年年復年年，她看盡臉色，嚐遍辛酸地解決生活裡的交通問題。回歸社會、與人群互動對她是災難的開始，她索性深居簡出，這似乎不失為一個自我保護的好方法！

然而天不從人願，嶄新的麻煩再次降臨。當獨居公寓裡的紗窗破損，她怕修葺工人若是走空一回，可能下趟就負氣不來，於是好幾次，只因工人不斷爽約，她便足不出戶，駐守在家，整整三日。

直待工人如期出現，還得奉上高於行情的小費，唯恐工人下次不來了！八旬老婦的自尊心在歲月長河裡左傾右盪，上撞下晃，漸漸消磨殆盡。

追根究柢，單身竟是她的緊箍咒。舉凡同事的兒子生病、主管的女兒畢業典禮、父母來訪、全家出遊等森羅萬象的生活狀況題，都由她為醫院的同事代班，她甚至進而全年包下小夜班，方便單身的同事與男女朋友戀愛約會。年深日久，自然而然，定居蒙特婁五十年的阿姨，無法經營任何的社交生活。此遭與謹荷出遊是生平破天荒的唯一一次外出旅遊。

六十九歲生日那天，她決定從獨棟洋房搬到電梯大廈度過餘生。入住當日，似有神蹟保佑。她遵從物業管理員的指示，按部就班地填完租屋的基本資料後，前腳踏出辦公室，身後竟旋風般地追出一名中年女士，對方言詞倉促，急於相認。

這名物業女主管讀了阿姨的個人資料，覺得她的名字異常眼熟，似曾相識，當下兩人經歷一番談話，多方比對彼此的身分，終於一步步還原真相：這位瑪莉女士竟是十八年前，被阿姨在加護病房拯救的產婦！

當年瑪莉女士因生產血崩，急需輸血，然而手臂的血管扁掉，儘管醫療人員輪番上陣，嘗試把針筒插進去，幾經折騰，血管始終不肯乖乖聽話地隆起，眼看病人就快一命嗚呼！在這生死關頭，病房同事徹底無計可施，立刻全院擴大廣播阿姨的名字，急召她前往幫忙，全組人員把最後的希望寄託在她身上。

「我趕緊把她的手臂向下垂，綁上橡皮筋，再放回床上，讓血管重新隆起，急救的針筒終於打進去，順利輸血，救回她一命！不然她永遠看不到剛出生的三胞胎兒子！」若非親耳所聞，誰能料想到如此弱小的阿姨，竟曾經在醫院叱咤一時，好一名風雲人物呢！

那一刻守候在病床旁的瑪莉丈夫，堂堂七呎之軀的男子漢，早已淚流滿面，失了神魂。看到妻子恢復生命跡象，他擠不出半個字句，驚懼顫抖的身形撲上前，就給阿姨一個緊緊的、鋪天蓋地的大擁抱。瑪莉的丈夫自此牢記這位恩人的名字，並在親友團間口耳相傳，「路青怡」這個名號紮紮牢牢地成為家族口述歷史的一部份。

故事講述至此，謹荷全數的細胞和毛孔抖擻振奮，命運總算還阿姨一個公道，她擲地有聲地大聲回覆：「上蒼果真應驗你的座右銘：『人在做，天在看！』」

阿姨全然掌握住謹荷的思路，她緩緩道來：「人生不公平，但上天是公平的！有一天你會領悟參透這個道理！」謹荷深知阿姨的脾性，回以了然於胸的微笑。此時車廂內不甘寂寞的流行樂持續從廣播音響裡低溜溜地釋出，音符與旋律在兩人對話裡穿梭滑翔。

謹荷在認識阿姨後，才徐徐愛上蒙特婁這座城市。聽她說那些悲苦的、淒楚的、壓抑的、不為人知，甚至匪夷所思的移民故事，彷彿為這座冬季比北極還冷的城市注入血肉與靈魂，此地的樣貌變得可愛可親。

無數個凌晨三點鐘，聽著阿姨起伏有致的打呼聲，為期末考挑燈夜戰的謹荷似穿越時空，返回小學三年級前與曾祖母同睡的臥房。她伏案桌前，心領神會，阿姨的小套房原是依故鄉的樣貌打造的模型，在洋腔洋派的蒙特婁印塑出故里的形神。多少次謹荷面臨人生重大抉擇與艱難低潮，阿姨如同精神導師攜領她往光明的道路前進，使謹荷不致迷失、不致絕望。在人生地不熟的蒙特婁和阿姨結為莫逆之交，一切的一切，都得感謝上蒼的慈悲！

換住過兩間旅館後，這對莫逆之交在第三天黃昏抵達營地旁。阿姨像個歡快的孩童嬉遊於草地之上、天地之間，萬分捨不得眨眼，她欣悅的雙眸如相機般，全數收錄山嵐間的光影變化。謹荷俐落穩當地搭好帳篷、準備吃食，叮嚀著：「今晚一塊兒看流星雨！我們生營火取暖！」

阿姨轉回帳篷內，端詳氣墊床和帳篷的透氣窗，她背過身褪去上衣，準備換套乾爽的衣物，得意又嬌羞地對帳外的謹荷交代：「我特地穿上你陪我去 La vie en rose[1] 買的胸罩！這麼多年沒買胸罩了！」角色對調，謹荷化身成慈愛的母親，聆聽孩子心底的天真快樂，她深信這趟旅行絕對是阿姨生命中最重要的回憶之一。

待晚餐備妥，謹荷熱絡親暱地送上龍蝦到阿姨的盤內：「來 Gaspé，就得吃

---

1 La vie en rose，蒙特婁的女性衣物專賣店

homard[2]！」阿姨擠完檸檬後，吮吮手指，大口咬下烤龍蝦：「如果沒有認識你，我吃美食的次數屈指可數！」然後憑藉餘火，烤棉花糖成為等待流星雨的窩心甜點。

夜涼如水，被薄外套包裹的兩人肩挨肩平躺，披覆同一條毛毯，仰望星空。周遭靜得連呼吸聲都清晰可聞，純粹的安靜引得睡意襲來，謹荷強打起精神，不斷和阿姨說話，深怕她睡著而錯過稍縱即逝的流星雨。

她倆約定，流星劃過天際的那一瞬間，同步許個願。「流星雨！」兩人不約而同失聲驚叫，再飛快噤聲，俯首祈願，重新睜開眼時，微笑凝望彼此，彷彿生生世世，也不過就是此時此刻。

方過一會兒，阿姨回過神，催促謹荷：「快讀我寫給你的生日卡片！」

「You are monkey. I am monkey. We are very smart…」帶點倦意的謹荷被這無厘頭的字句惹得又好氣又好笑：「你寫的這是什麼？」

「別忘了！我們都屬猴，還差四輪，能認識是上天的賜福。等我死了，下輩子再作朋友吧！」一席清風拂上臉面，萬籟俱寂，天地屏息。

---

2 homard，法文，龍蝦的意思。

謹荷似水如歌的聲調宛若天籟：「好，就算喝了孟婆湯，也絕不忘了你！」

（本文刊登於二〇一九年六月號 講義雜誌）

一隻落單的襪子

「茱迪的彩色小屋」是加拿大民俗畫家 Maudie 的傳記電影，熱愛繪畫的茱迪一生坎坷，她自幼罹患關節炎，是阿姨與哥哥眼中的拖油瓶。母親死後，哥哥強行變賣母親的房子，她被迫與阿姨同住。受不了仰人鼻息的淪落日子，恰巧魚販艾佛德應徵女傭，她以工資換取食宿，展開與艾佛德的同居生活。

長於孤兒院又拙於言辭的艾佛德不擅與人交，相伴生活充斥暴力矛盾，茱迪飽受委屈仍保有自尊，溫和地教會他愛。她畸形的身體裡煥發鮮活的感受力，她的畫筆為喜怒哀樂著色，勾勒出通往幸福的溫馨之路。

新婚之夜，艾佛德柔情自比為一隻落單的襪子，諭示這段婚姻就此完整雙方的靈魂。她的神來之筆保存小鎮生活的馥郁甘甜，她理解自己，懂得生活，是大氣的弱勢者。她將美好的畫面珍藏於記憶裡，浮現於畫作中，是慈悲的諦聽者。

「你是我們家族唯一收穫幸福的人！」正所謂人之將死，其言也善，阿姨臨終前禁不住良心譴責，坦承當年的罪行。原來茱迪多年前的私生女並非如阿姨所說是畸形死去，而是阿姨擔心茱迪無法獨力撫養孩子，便與茱迪的哥哥將女嬰轉賣給一戶富貴人家。震驚不已的茱迪在丈夫艾佛德的帶領下來到女兒的家，無法與親生女兒相認，只能角落裡默默凝視。即使命運乖舛，家人不義，她任由哀傷遺憾隨淚水流逝，心中仍一片溫柔。

茱迪一生仰不愧於天，俯不怍於人，當她在醫院病床辭世時，那不是悲哀的句點，而是溫潤的圓滿。公道不一定響亮而來，不一定轟烈而去，堅定信念，努力做自己，生命自會還你一個公道。

（本文刊登於蒙城華人報第一八四輯第二十四版　紅葉園地）

齊柏林先生的逝去

幾年前，在臉書動態上得知金馬導演、知名空拍攝影師、環境保護專家的齊柏林先生的死訊，震驚之餘，憶起一樁多年前的往事。

定居加拿大之前，我曾在某出版社擔任編輯，專門製作小朋友讀的科學雜誌。當年我一肩挑下整個月的主題企劃「河流」，為了讓小朋友更清楚理解台灣的河流生態與地形景觀，我與許多畫家和攝影師聯絡，不僅發了全版的寫實與可愛漫畫插圖，也曾與齊柏林先生商借他所拍整條河流的高空攝影照，放了全版加拉頁，讓小朋友讀者清楚看到河流與山脈的分布，享受閱讀的寫實震撼感。

我與齊先生不曾謀面，但曾通過電話。電話上他的音調禮貌客氣、態度爽朗，我精簡地說明商借照片的來意，他一口答應（甚至沒問一張照片開價多少錢）：「我會把照片燒好，你請快遞來取，我正在外面拍片，先這樣！謝謝，再見！」

如今想來，當年那期雜誌反應迴響很好，幸虧有許多像齊柏林先生如此配合的畫家和攝影師，他們都貢獻良多，否則雜誌很難做出那麼好的成績。讀到曾經合作對象的死訊，不可置信的「抱憾感」環繞我的四肢百骸，這個世界失去一位有良知、願意奉獻付出的人才。

後來，我下樓與丈夫共進早餐，他提起這次去 Kingston 的 Queen's University 開會的過程。有一群念醫學系的研究生，也來參與這個學術研討會。

丈夫說：「那天研習會完畢，我們搭車返回 Queen's university 的宿舍休息，那群醫學系的學生在車上就熱烈討論待會要去城中的哪家酒吧狂歡玩樂。」他頓了頓，看了我一眼，暗示這是一群以「開會之名，行旅遊之實」的年輕人（年紀大約三十出頭而已。）

他們其中一人就用輕蔑口吻問：「Where is that geography guy?」噗哧一聲，這群醫生笑成一團，接著竊竊私語，嘲笑那個地理的研究員有多呆，做的研究多冷門，怎可能有前途呢？

「究竟地理研究員是做什麼研究？」我忍不住追根究柢，腦海憶起大學好友是學地質（Geology），雖然不是地理，但也常被說冷門。後來她的指導教授從事和採礦有關的研究，學術前景就風生水起，一片看好，獲得愈來愈多的研究經費和學術界的曝光率。我相信地理的研究面相有很多，不一定都前途黯淡。我首當其衝想到台灣這次暴雨，發生洪災，水利工程要重建就需要地理和地質人員的研究，這市場不就廣大且實用嗎？

「他是做 Smart City 的研究，那天晚餐時，他剛好坐我旁邊，我們聊了一會兒，他還提到以前他讀 Queen’s university 時，他的 GPA 是學校前 8%，表示他在92%的人之上！Queen’s university 在加拿大是排名第三的大學，也算很強的學校。」或許我天性敏感，我馬上將這則資訊與那群醫學生嘲笑他的畫面連結在一起，相信這麼聰明的地理研究員，特意對我丈夫提起他大學的成績，足見他早覺知醫學生對他的輕蔑，亦想為自己平反一番。

如果世上人人都是醫生，地球會變成什麼樣貌呢？現在最熱的就是環境議題，從氣候變遷、水利工程到 Smart City，所以這位學地理的人未必就永遠被他人踩在腳下。在研討會的最終日，與會人員紛紛交換聯絡訊息，方便聯繫。丈夫說：「這群醫學系學生表面客套地與地理研究員交換聯絡方式，不過對比當天在公車上嘲笑他的嘴臉，落差太大！」

大約一早被齊柏林先生的噩耗震撼，我有些感傷，這會兒思緒又被丈夫牽拉到那群偽善的醫學生臉上，突然感悟他們肯定會瞧不起像齊柏林先生這樣的人吧！大概會說坐坐直升機，拍拍空拍圖，有什麼前途啊！但這不就更凸顯齊柏林先生的偉大嗎？不為名利，只想為後代子孫留下最真實的見證，提醒大家愛護環境，別再傷害地球，即便到死前的最後一刻，仍在做這麼偉大的事！

「偉大」真不是學歷造就出來的！

（本文刊登於二〇一七年六月二十九日七天報紙第五五二期第十七版）

災難奇想曲

昨天孩子晚餐後，特地囑咐我：「明天要下大雨喔！老師提醒我們要穿雨鞋、帶雨傘，最好可以連雨衣都帶來！」我很快就將這則訊息深印腦海的資料庫裡，也為明日的雨勢做好萬全的準備。

然而今日清晨我推開門時，下意識的第一句話就是「啊？這就是老師所謂的『大雨』？」並非我幸災樂禍，來自台灣的我對於「天災」可是熟悉到不行，住在台灣這塊土地上，經常面臨颱風、地震、土石流等侵襲，可謂大風大浪都看盡。今天的雨勢就像我們基隆的雨而已，真心不騙大家！真擔心孩子在加拿大如此風平浪靜、安逸的環境裡長大，會對於「天災」失去免疫力呢！

等孩子放學回家後，吃晚餐時，我問他們：「你們覺得今天的雨很大嗎？」「很大喔！我們都不能去外面玩了……」、「我早上出門風好大！」、「我好朋友 William 的鞋子都濕透了，上課時，腳都很不舒服……」

真是沒見過世面！於是我對他們說：「下次帶你們回台灣體驗颱風！那個風才叫大，把電線杆啊、樹啊都吹倒，有些地方都還會淹水，淹得把整台車都蓋過去……」他們目瞪口呆，大約覺得我描述的畫面很像美國電影「復仇者聯盟」那種災難片裡的場景吧？

今日蒙特婁的 heavy rain 比起二〇一七年，我在 Concordia 大學讀書時的成串災難相比，真是小菜一碟。二〇一七年三月十四日的蒙城狂風暴雪，許多小學、中學，甚至大學都停課一天。Concordia 大學當日全天停課，McGill 大學比較打拚，當天清晨公布早晨停課，但還不確定下午是否停課。

而這不是我在 Concordia 大學第一次停課，早在幾週前，二〇一七年三月一日就發生一起烏龍的 Concordia 大學爆炸案。爆炸案當天正巧是我 math 365 的期中考日子，考試時間是下午一點十五分到兩點半，約莫九點多，我與另兩位同學就在圖書館讀書，做最後衝刺。直到十一點多，兩位同學先到樓下 Tim Hortons 的餐廳區準備吃飯。我忙著收拾一桌的紙筆，晚了一步才下樓。

下樓時就接到同學打來的電話：「Hall Building 整棟大樓封閉了，據說裡面有炸彈。今天好像也不用考試了！」生平第一次遇到這種「校園炸彈風雲」，只覺得可笑，卻不覺得危險。

難道，炸彈爆炸的殺傷力還不夠危險嗎？靜心細想，危險至極！可是感覺很多國外的爆炸事件都是假警報，有點「狼來了！狼來了」的唬攏感。在等待另一個朋友來會合時，我們三個女生就在Tim Hortons的餐桌區，閒聊起災難與死亡的話題。

我絲毫不緊張地說：「哎呀！會死就是會死！不用急著跑啦！」我真的如是想，就像每次回台灣訂機票，有些朋友都會刻意避開台灣某家航空公司，我則大無畏，只看航程與價錢，若是「共業」，該來的總會來的，無人能擋、無人能躲！

尤其當我從某位機長的口中得知一則航空公司的傳言，我瞬間覺得是否發生空難，擔心再多都無用。據說台灣某家航空公司面試空服員時，都有個面相大師混扮成主考官，為每個面試者的面相打分數，似乎航空公司高層認為如果一台飛機上，多幾個命中注定會長命百歲的人，能減少災害事故的發生，這樣是否算用這群有福之人的福報來幫大家擋災呢？

柬埔寨同學興致大發地接話：「我朋友說揚言放炸彈的人，好像是阿拉伯人，念工科的……」她的這番話把我從擋災的回憶裡拉回現實。如果她說的是真的，那麼處境已經艱難的穆斯林們，現在肯定處境雪上加霜了……

無論我的加拿大或台灣大學生涯都與「災難」的緣份相當深。

我不禁回想起台灣的九二一大地震（一九九九年九月二十一日），當晚我的整張床上下不停搖晃，雖然震央在南投，身在台北的我至今都不敢至信那樣驚天動地、撼動宇宙的地震。

隔天在台北讀大學的我，依舊照常上學，猶記得當天我從計算機中心印出我的報告，準備去新生大樓的教室交報告時，突然一波地震，震得我路都走不穩，像在坐船般地乘風破浪，上下擺盪，左右胡晃，一陣天旋地轉後，當下所有人靜默、靜止與靜置約莫五秒鐘後，起初以眼神交換情緒，確定一切回復如常，一眾學生嘩地紛紛擾擾，分秒必爭地往各自的目的地與方向快速前進。

這時，唯有一人躲在電話亭瑟縮不動，然後突然以英文到處張揚：「Did you feel that? That’s big earthquake! Hey! Don’t move! It might come back again!」原來是一名外國學生四處驚驚叫叫，我很同情她的驚訝，畢竟不是台灣長大的，難免不適應！我真心同情她，然我也不想花這麼多時間在走廊上和她閒聊地震的危險與防治，我還有報告要交啊！報告交不出來，用地震這樣的藉口，我不認為教授會原諒我。

加拿大人的災難觀與亞洲人大異其趣，話說在修女島第二間小學剛建成時，當年度九月份開學時，校園旁的圍欄部分尚未全數搭建完畢，僅以鐵網與鐵桿暫時圍繞住。有一回，我和埃及媽媽在鐵網外，一同對孩子行注目禮，目送孩子進教室，於此同時，一位白人媽媽也站在我們旁邊，瞬間某片圍欄倒塌，倒落在泥地上，四下無人，故無人被波及，更別提受傷了……下一秒更恐怖的事情發生了，白人媽媽驚聲尖叫，嚷著她差點要被鐵圍欄殺死，環顧四周，到處詢問別人有沒有目睹這件差點致死的案件，我和埃及媽媽自然也被她問到，我們都說有看到事情經過，但我們的潛台詞是：「但也沒人受傷啊！你也沒事啊！不用叫成這樣啊……」

然後白人媽媽大約得到強大信心，急匆匆跑入校園大門，去和校長稟報（或者理論吧？），一定又是要學校注意，不然要告學校之類的話語。

埃及媽媽和我沒再插手管這事情，我們一道轉頭走回家，她說：「最近敘利亞政變，暴政當權者用化武攻擊孩子們，一大群孩子都死了，成片成片的屍體都搬不完……」她話語至此，喉頭傳來哽咽的啜泣，我拍拍她的肩膀安慰她，我懂她的心情：世界上還有更多無辜的人承受更大的苦難和折磨，所以剛剛那位白人媽媽的事，套句我北京朋友的口頭禪：那到底算什麼事兒？

冬夜一幕

夏季的蒙特婁是遊戲人間的小丑，歡笑、逗趣、驚奇環繞而生。藍得沁心的天空、毫無死角的艷陽普照、舒爽撲面的陣陣夏風，健忘的人群便忘卻寒峻凜冽的冬日。

夏天是動感的季節，冬天是感動的季節，令我銘感五內的心情故事都集中發生在冬日裡。前年寒冬，蒙特婁市的公車經常拋錨，一拋錨，動輒得等上三小時，這裡的拖車效率非常緩慢，於是司機的最佳處理方式是請乘客中途下車，改搭下一班公車或請親朋好友前來搭載。

當年我便巧遇幾回這般的窘境，我永遠記得那個攝氏零下二十九度的夜晚，我在學校溫書，歸途不巧遇到公車拋錨。車子突然熄火一瞬間，就像在漆黑的電影院裡突然開大燈，影片嘎然而止，一種捨不得清醒、不願回到現實的情感持續拖曳著理智。司機用法文大聲解釋狀況後，身分各異的旅客們魚貫下車，齊聚雪地。一張酷臉的年輕人嘗試與旁人交談，緩和慌張氛圍；年邁的老太太向旁人借手機打給家人求救，有人上網查公車時刻表，四下公告下一班車的時刻。十分鐘過後，有人被親友接載，上車前回頭高聲邀請和他住同區的人可搭便車，馬上有人出聲回應，一台車很快滿載而歸。

眼前團結的善良不因人種而有差別心，莫忘人世間，我們都是生而為人，之後才有你、我、他的區隔。孤寂街燈下，雪花飄飄，萍水相逢的陌生人綻放無限善意、互相取暖的吉光片羽，我凍得雙腿僵直、幾無知覺，風吹得臉頰要龜裂，不過那一夜我冷得很過癮。

（本文刊登於二〇二〇年十一月七日　世界日報副刊）

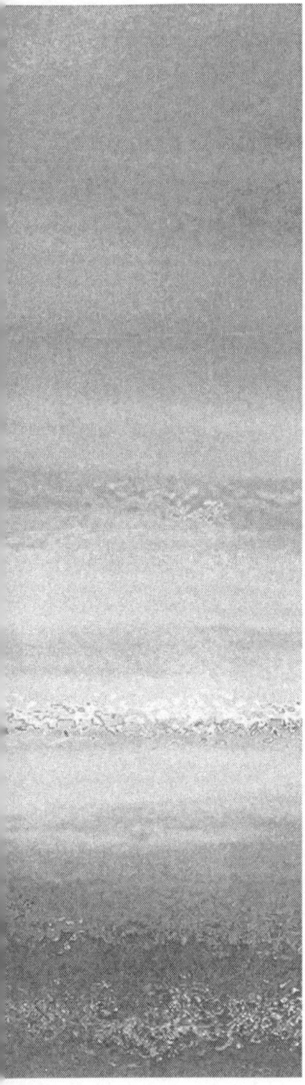

卷三

生命的禮物盒

思念總在分手後

前幾日剛抵達台灣，不知是我太久沒回台灣，突然失去「抗熱性」？或是氣候變遷，現在的台灣愈來愈熱？記憶中，小時候的台灣可沒這麼熱啊！

這一週的時間，除了在冷氣房裡，其餘時間感覺整個人都浸泡在岩漿之中，熱騰騰、黏呼呼，皮肉都蒸煮得要分離開來。

週一，我與以前工作的同事碰面聚餐，她的預產期是今年八月底，我特地從加拿大準備一整個大行李箱要給她，箱裡裝的全是我在加拿大整理出來的小孩衣物和嬰兒用品、背帶、包巾、毯子、奶瓶消毒器等等。將這一大箱行李帶回台灣給她，還不是最複雜的環節，最辛苦費力的部分是我得拖著這大行李箱，在台北車站的捷運地下街前進、逡巡、轉彎、搜尋朋友指定的餐廳，而且得行動敏捷！因為捷運地下街人潮洶湧，以如雷速度前行的乘客與行人，皆心無旁鶩、精準地往目標地前進，我若行動滯慢，可是會造成交通大阻塞，激起民怨，成為人民公敵呢！

好不容易安全抵達約定好的餐廳，我和朋友們坐定後，大約被熱氣沖昏頭，都還沒能順口氣、說上話，懷孕的朋友見狀，已先發制人：「我覺得是你太久沒適應台灣了，現在還不算是最熱的時候，最熱的時節還沒到呢！」朋友邊吃著冒著熱氣的韓式豆腐鍋，神色從容自在，相形之下，我則揮汗如雨，整頓飯都吃不大下，光忙著擦汗就令我措手不及了。

太熱了！在家塗好的防曬乳與粉底，一踏出一樓的大門，鋪天蓋地的熱氣全面襲來，我的妝容立刻像在攝氏四十度下的冰棒，滴滴答答地滲著水，不出幾分鐘的光景，全融化得精光。「高溫」是我原生環境的象徵圖騰，那是過往記憶的溫度。不過夏季的高溫不減我對故鄉的懷念，因為只要打開空調，躲在冷氣房內，就能把高溫的困擾拋諸腦後，但思及普遍的社會現象「人心淡漠」，豈是開暖氣就能回溫？

有一次，在台北捷運上，女兒突然用小手拍拍我的手臂，對我說：「媽媽，我終於明白為什麼你會在大太陽底下撐傘了！雖然那時候的你看起來很奇怪，但我發現這裡的女生都撐傘出門，和你一樣！」當我在 Montreal 的艷陽天下撐傘，由於週遭女性都不撐傘，女兒總嘲笑我的怪異落伍，如今她終於能善解我的行為模式。

這個對話讓我想起在香港電影「新難兄難弟」裡，梁朝偉飾演的兒子進入時光隧道，回到過去，與他親生父親（梁家輝飾演）不打不相識，最後結為好友，也因為這趟時光之旅，兒子親身體驗父親的生活年代，被父親的待人接物深深感動與吸引，於是父子間的代溝漸漸弭平，更拉近兩代人的距離。

我帶兒女逛傳統市場時，遠遠聽到魚販的叫賣聲，便拖著兒女的小手、加緊腳步帶孩子到魚攤前，找定好角度，立刻把兒子舉抱至胸前，讓他俯瞰一簍蔞、一盤盤、一籃籃的新鮮魚貨，兒子盯緊躺在碎冰上的魚群們，目不轉睛，像在吸收寰宇新知般的一心一意，而這就是我要的「效果」，我想讓孩子們身歷其境地感受母親的故鄉是什麼樣貌，他們若能用心體會世界角落的每一處，相信人生的深度與廣度更會不同凡響。

我丈夫調侃我，低頭對女兒說：「你媽媽嫌 Montreal 的公車地鐵骯髒，卻很 enjoy 傳統市場的味道啊！似乎不覺得髒與臭呢！有點雙重標準喔！」或許真是這樣吧，故鄉的氣味與滋味，永遠都是最道地、最令人安心的！就像孩子永遠不會嫌棄自己的媽媽，因為世上只有母親會對孩子真誠無私地付出。

離開故鄉，遠赴異地定居，我方能用欣賞的角度，細細品味故鄉的每一寸美好，那般的意猶未盡，就如同對男女朋友的思念，總是在分手之後。

（本文刊登於二〇一七年七月二十四日　世界日報家園版）

心智魔咒

每天清晨我一貫熟練地將女兒安置在車內的安全座椅上，開車送她上幼兒園。性急的我一到達校門時，總急驚風地為她服務，一路幫她開車門、解安全帶、再順勢一把將她抱下車，今晨她卻大叫：「我要自己下來！我要自己下來！」

我不理會她的呼喊，說：「快點啦！你每次動作很慢，我抱妳比較快啦！」接著一把將她抱下座椅，說時遲，那時快，意想不到的恐怖事件發生了！

她毫不間斷地大哭，揪心揪肺地嚎啕大哭，拗著要自己下車：「我是大姐姐了，我自己會下來，你為什麼不讓我下來？」我一心想把她趕緊送進學校，好回家做家務，實在無心讓她慢慢下車。

我吃了秤砣鐵了心，決心不理會她的哭鬧。我邊催促她儘快走進學校，結果我邁開步子，走在前頭，她卻在後頭拖拖拉拉，一路不肯就範。我行到校門口，打開學校後院的圍欄，在圍欄旁等她，她卻執意不過來，老師聽見她的哭喊聲，馬上探出頭問我女兒：「What happened ? Why did you cry? What did mom do to you? 」

我便將剛剛的情形如實稟告，我預期老師會幫忙安慰我女兒，然後協助將她帶入校門內，這件事情就了結，沒想到老師對我說：「She just wants to show her independence. Why don't you let her get off the car herself? That only costs you 50 seconds, and she won't cry for 15 minutes!」

我當下一愣，沒想到老師不認同我的處置方式，立場竟與女兒一致。我心頭一驚，事情都發生了，該當如何補救？就等下次再讓她自己下車吧！我便反問老師：「So what can we do now? Take her back to the car again and let her get off the car herself? 」

老師說：「Yup. That's a good idea! Let's do it!」老師如此回答，真是一絕！如果在亞洲社會，多少家長送完孩子還得趕著上班，一般校方遇到這樣的情形應該會協助家長，趕緊安撫孩子，讓家長早點脫身去上班，而這裡的老師卻認為要重新把「沒調整好的事情」調整好，多花點時間不要緊。

此時的場景就像電影裡，演員們被導演喊卡，我和女兒就是ＮＧ的演員，老師就是導演，她重新帶我們回到車上，指導我如何把女兒放回車裡，還原現場，一切重新來過，於是我開了車門，在車門邊等女兒解開安全帶、慢慢扶著車門，自己下車，然後我再把車門帶上（因為車門很重，讓她關車門有些危險），完成這一切後，老師在旁邊大聲稱讚我女兒很獨立、很棒，是個 big girl！

我當然很開心我女兒能夠自己開車門，今天慶幸的是，我不用上班。如果換做別的要上班的家長，家長們可能會很火大，上班都要遲到了，還得如此配合演出。下車後，女兒踏走在往學校後院圍欄的草地上，原本哭泣的臉龐上多了不少笑容。

老師的方法似乎對家長很麻煩，對孩子的心智卻好像起了某種魔咒，她變得心無罣礙、更有自信，或許這就是國外教育迷人的地方吧！

「唸小說」的雙語實驗法

最近加拿大放聖誕長假，我得以從大學忙碌的課業抽身，忙裡偷閒地讀了幾部好看的小說。正當我讀得欲罷不能之際，一旁的女兒看我讀得起勁，央求我在她睡前時，唸幾段正在讀的小說給她聽，讓她明白媽媽在讀的都是些什麼故事。

這個要求讓我喜出望外，因為在加拿大出生長大的女兒，除了在家說中文，以及每週日早上兩小時的中文課之外，平時上學都講法文，如此洋腔洋調的她，居然會對媽媽的「母語文學」感興趣，我既驚又喜。

我選了一部浪漫的愛情文藝小說唸給她聽，雖然我的最愛是恐怖小說、偵探小說和社會寫實類小說，然而這些劇情或過於驚悚、或過於黑暗沉悶，都不適合讀給孩子聽，浪漫文藝小說的遣詞用字比較文雅，至少能讓她體驗中文字的美感。

念完第一段後，她示意我停下來。「不喜歡這故事嗎？」我殷殷關切著。

「不是，我有點不懂你剛剛講的是什麼意思，你 explique[3] 一下！」原來中文與法文相比，女兒的中文已然退居下來，成為她的「第二語言」。這現象讓我突然有點感傷！或許再過幾年，我們的文化背景會漸行漸遠，我得抓緊時光的尾巴，彌補這道裂痕。

於是我把剛剛那段中文翻譯成法文，解釋給她聽，也順便用英文解釋第二遍，確認她都明白後，我們母女的閱讀繼續往下走，就這樣，我的唸讀與翻譯交錯行進著。我暗暗訝異：沒想到我的法文也不錯，還能把中文小說現場口譯成法文，女兒相當醉心於這種閱讀方式，臉上露出滿足新奇的神韻，我心頭暗忖：小女孩長大了！現在她對「中文小說」的興趣遠大於「中文童話故事」。

今晚收穫滿滿的不只是女兒，我在這樣的閱讀互動中，置身於以法文思考、法文閱讀的學習情境裡，此刻，學習語言的樂趣滿溢於兩個求知的心靈之中。

3 explique 是法文字「expliquer」的第二人稱動詞變化，意思是「解釋、說明」。

浯島暹士

東門市場的兩側街道林立販售南北乾貨的商行，天還未亮透，一群長者各自以不同的交通方式，從四面八方來此販售自家種植的農產品，他們或搭公車、或騎車、或推車、甚或身手矯健地挑扁擔前來。清晨六點鐘，整條街已被擺攤的老者點綴得生氣蓬勃，蓄勢待發，買客從街頭朝巷尾望去，滿目盡是高麗菜、大白菜、地瓜、玉米、石蚵、海螺等生鮮時蔬。

美花姨與丈夫楊智忠亦在小販行列之中，年約四、五歲的小女孩緊貼他們身側。小女孩坐不住，在倆老身後與鐵捲門間的狹小範圍內玩起橡皮筋，半小時過後，橡皮筋玩膩了，她從口袋裡掏出彈珠來打。她就這樣專注交替玩這兩種遊戲，四周買客與賣家此起彼落地奮力還價，任何聲響皆無法打擾她無瑕的童年世界。她就像聖誕玻璃球裡的白皙雪人，兀自潔淨純善。

爺爺不擅交際，坐陪奶奶身旁，回頭顧盼小孫女無邪快活的神態，伸手摸摸孫女的頭，安心微笑，人生幸福莫過於此。七點鐘時，機車與人群像高漲的浪潮，一波波盪來，周遭的喧鬧有了張揚的氣勢，奶奶的叫賣聲隨之櫛比鱗次，一節勝過一節，漸漸地，延生一種銅牆鐵壁的堅硬質感，猛力撼動買客的意志，愈來愈多人駐足、觀望、看貨、詢價，奶奶的興致被撩撥得更高昂，她游刃有餘解說推銷，面前鐵鍋裡的石蚵一杓一杓地減量著，待鍋內空空如也，正是他們起身回家的時刻。

石蚵的旺季約是每年十月到三月，璇月陪祖父母騎車巡蚵田時，冷風一如既往地戲弄臉面，凍得人瞬間僵硬，動彈不得。她倚立大石塊旁，像欣賞、又像學習般地注意他們在蚵田裡的俐落身影，只見祖父母用刀子精準割下蚵殼，熟練地放入籃內。當她感到無聊時，就窩在機車腳踏墊上，遠眺泱泱海面，傾聽潮聲，細瞧天光的變化。

璇月的童年記憶除了蚵田和清晨的寒風之外，就是電影台的「黃飛鴻」系列電影。每次轉到黃飛鴻的重播，她與客廳的沙發就如膠似漆恩愛起來，任誰也拆散不了。振奮人心的主題曲傳來：「傲氣面對萬重浪，熱血像那紅日光，膽似鐵打骨如精鋼……」璇月情緒激昂，有樣學樣，跟著比劃起來，模仿師兄弟們天寬地闊、正氣凜然地打拳練功，奶奶被她自得其樂的神態感染，忍不住跟著哼曲子，替孫女助興一番。

有時爺爺會讓她立正站好，認真說起來：「不論妳以後去哪裡發展，永遠不要忘記妳從哪裡來！」她似懂非懂地點點頭，眼看憨厚木訥的爺爺變了一個人，感覺非常有趣。每次爺爺要講精神抖擻的話，鄉音就會變淡，變得口齒清晰，字正腔圓：「唯有精神不死，文化才能長存！」那一刻，她確信爺爺和黃飛鴻一樣偉大，令人佩服崇敬。

國中畢業後，她決定到泰國曼谷追求夢想。在當地僑團的幫助下，覓到一家著名拳館，專門培訓女拳手。到拳館報到第一天，她謹記國民外交，攜足金門高粱與風獅爺的紀念品送給同梯學員。正式拜師學藝後，教練請大師姐示範拜師舞。相傳泰拳開賽前，表演拜師舞，可以祈求保佑勝利，且達到熱身功效，全場觀眾可藉拳手跳出的拜師舞，分辨其所屬的泰拳門派和技法特點。

璇月在泰拳館的首日充滿昂揚的生命曙光與安心的寧靜平和。往後兩星期是她泰拳生涯的轉捩點，比在台灣強度更大、更紮實的訓練讓她大開眼界，不虛此行。泰拳的硬度來自長期有規律、有節奏的踢打，教練安排她打沙袋訓練，先勻速打、再加速打。和其它學員相互對踢身體與軀幹，有時擊打軟中帶硬的東西，例如椰子樹、重沙袋，這些持續、有節奏的擊打訓練讓拳手將力量打得更深沉，更準確掌握著力部位，進而建立攻擊的協調性與穿透性。

即便體力漸漸吃緊，爺爺的囑咐如沉寂空間的一縷回聲，她的鬥志倏地重燃，不一會兒就精神奕奕。

她發現最難的是踩步，泰拳的步子千變萬化，無套路可循，得臨場隨機應變。與其他師姐們對打，她的步伐追不上她們的柔軟靈活，教練更常要求她練習壓腿和雙盤腿，增加雙腿的柔軟性。「妳的步子得學會左右移動，不能踩成死步，對方會把妳封死。掃腿時，蹬地的施力大小不是關鍵，技巧更不在轉腰的力量，而是身體的整合。」師姐凜冽的目光切過來，寒氣如定海神針豎立在波濤洶湧的大海裡，她領悟是時候克服此一關卡。

在拳館日以繼夜的訓練裡，異鄉人的寂寞在窗外的雨聲裡、在鬧區刺眼的霓虹燈招牌裡隱隱發功，在獨處的午夜時分，尤其強烈。璇月扭開床頭檯燈，就著黯淡的光暈，打開爺爺寄給她的貢糖，一小塊一小塊地含著，恨鐵不成鋼的氣惱哀哀發酵，晶瑩的淚水在眼眶內飽滿打轉。她靜靜品嘗思念的滋味，將孤單一口口融化，再吞入喉嚨，一併將千言萬語嚥下。闔上貢糖包裝盒的剎那，又再次將故鄉的思念刷新。

累積一年的實戰經驗後，教練見時機成熟，領她參加當年度最受矚目的女子泰拳大賽。對手是本屆強敵、來自泰國東北部依善地區的Preeda，第一回合由對方完全控場，璇月一路坎坷，控制技術施展不開，對手使出古泰拳法的「踏」，順勢而上，由高處給她一記肘擊，痛得她倒地不起。裁判數秒後，選手各自退回角落，教練臨危不亂，冷靜指導璇月：「人生最大的痛不是痛本身，而是對痛的恐懼！記住！」

於是從第二回合初始，璇月改變節奏，利用起腿的空檔欺進對方，打出重拳和拳腿組合的戰術，配合她精湛的內圍技術來壓制對手的近身重擊。她全神貫注，殺氣凜凜的氛圍內，環伺全場的觀眾吆喝與叫囂聲似被抽離，空間呈現一種真空狀態，爺爺聲如洪鐘的嗓音穿透而來：「唯有精神不死，文化才能長存！」像盆冷水即刻從頭淋下，她打了個冷顫，振作精神，重整心緒。泰拳比賽基本上是在打磨一擊必殺的時機，慢慢消耗對方的體力與專心度，直到對方不支倒地。她決定畢其功於一役，巧妙利用迴線反彈的打法，一連串強悍正踢、犀利掃踢，連珠炮似落下……

最終璇月展現更為紮實和精湛的泰拳技術，拿下這場天雷地火的激戰。

五年的時光洗鍊出她一身的傲骨，當她重新踏上滋養她成長的土地時，先在東門市場的一家閩式燒餅鋪前停下，老闆見她就大喊：「小月！」

「大哥！」兄妹倆熱切相擁。

「哥哥以妳為榮！」她急切搜尋爺爺奶奶的身影，爺爺佝僂身軀且髮頂稀疏，奶奶老態龍鍾，不再健步如飛，璇月驚覺他們都老了！她激動地與爺爺奶奶溫馨擁抱。在摯愛的家人面前，璇月的外在武裝徹底瓦解，淚水如洩洪般傾覆而下。這些年來壓抑的委屈與心酸像積滿的穀倉，一開穀倉門，全數流淌街面上。

璇月在街上開起泰拳館，接續他們未完的故事。當璇月在教室後方審視學生團練，她的心境就像描圖紙般，一點一筆地與當年黃飛鴻帶領一眾徒弟練功的畫面契合，而那首「黃飛鴻」的電影主題曲又迴盪在她耳邊。

（本文刊登於二〇二一年一月十四日　金門日報副刊）

永不背叛自己的孩子

修女島小學的課後才藝班有許多課程挑選，如瑜珈、體操、烹飪、電腦繪圖、動畫、網球等等，猶記得女兒上學期選擇體操課和實驗課。

學校按慣例在最後一堂體操課的前兩週，發電郵集體告知家長們，當天可到教室全程觀摩孩子的上課情形，並提醒統一開放入場的時間。是日，我進教室後，隨即俐落地將包包卸撤置放於一旁的長板凳上。稍稍左右逡巡，赫然發現女兒的體操老師就是我的 Zumba 老師，熱絡與老師打過招呼後，我如同專業攝影師般，全程拿手機時而攝影、時而拍照，務求還原全程，日後將影片傳給台灣的爺爺奶奶看，讓他們如臨現場，感受孫子成長的喜悅。

孩子們各自在軟墊上，做完基礎動作後，接著好戲上場，開始逐一表演側翻。第一號上場，成功完成側翻。第二號上場，眾望所歸，如期成功，輪第三號，毫不失手，一整個漂亮……就這樣，好幾位孩子上場，都完成側翻姿勢，接著有些孩子翻不過去，直接以「跳舞」的方式帶過。當排在女兒前兩位的孩子上場時，我緊握鏡頭，抓找最佳攝影角度，接著就像專業的 cameraman，佇立不動，全心等待女兒上場。

終於輪到女兒了！她架勢十足，雙手下地，準備側翻，可惜少了一鼓作氣，下半身沒法順勢帶過，側翻沒做起來，當下其他家長一片死寂的靜默，沒人給她歡呼與鼓掌聲，忙以手機攝影的我，不顧氣氛的冷凝，義無反顧地尖叫歡呼：「Bravo! Bravo!」其他家長均從眼球發射「雷射光束」，朝我掃射，他們臉部表情爭相走告、互通有無：「又沒做起來！歡呼什麼啊！」

不瞞您說，我也是鼓起勇氣才道出這聲歡呼！如果我這做媽的，都準確無誤地感受到被霸凌的壓力，更別提女兒小小的心靈了！在這關鍵時刻，我得提起勇氣、扛下場面，鼓勵且維護女兒的自尊才是王道。

我並非生來便如此「勇氣可嘉」，我能有今日的肩膀與擔當，得回溯到我二十多歲時聽聞過的一則教養故事。話說，當年我認識一位留美回台發展的工程師朋友，他曾侃侃而談，對我分享在美國養育兒子的辛苦。

在競爭激烈的矽谷華人圈中，當年他年方十八的兒子特立獨行地宣揚：「我要讀文學，更想學西班牙語，將來要當翻譯和寫電影劇本。」

這位工程師的朋友紛紛勸阻：「你得阻止你兒子啊！讀文學有什麼前途？還是得像你讀工程，多賺錢啊！你不能眼睜睜看兒子葬送前途啊！」

這位工程師很不以為然地說：「讀電影、寫劇本可以很有前途，大導演李安不就揚名國際了！」

他的朋友們曖昧地交換眼色，然後輕蔑地回話：「這世界上能有幾個李安啊？」接著不屑地轉移話題，不再搭理我朋友。

我追問他：「你後來還是讓兒子讀電影嗎？」

「是啊！我還送他到西班牙讀呢！做父母的就該有肩膀，替孩子擋掉這些外界眼光的壓力，千萬不要為了自己的虛榮心而逼迫孩子做他們不願意的事情。做父母的，不可以為了面子背叛自己的孩子！」

多年後的今日，在體操教室內，我沒有忘記忠誠老友的人生忠告，我驕傲地辦到了！即便是在遭到眾人排擠誹議的難堪下，我依舊辦到了！

那天下課後，女兒在回家的路上，沮喪地對我說：「媽媽，我剛剛都沒把側翻做起來！」我緊擁著女兒，輕聲在她耳邊道：「這是正常的！因為我們每個人都有擅長的事情，也有很多我們做不來的事情，這是每個人都會遇到的狀況！我們今天遇到了，就表示體操可能不是你拿手的項目，但是你很喜歡做實驗啊！以後可以當個科學家，也很好的！」

午後和煦的陽光灑在女兒稚氣未脫的臉龐，她笑開懷地對我點點頭。女兒天真無邪的笑靨讓我勇氣百倍，在未來的人生路上，即使我的肩膀被壓得再酸再累，我都能為女兒撐到人生的最後一刻，永不背叛自己的孩子！

生命的禮物盒

整理床頭櫃時，在孩子沙龍照後方，再度看見寶寶送我的禮物盒。我輕啟盒蓋，裡頭安躺的是如洋娃娃專屬的迷你衣帽、毛襪和拓印小腳丫的出生紀錄：身高二十八公分、體重五百四十六公克。

睹物思人，我憶起那年九月的第十八天，我和寶寶相見與別離的日子。窗外滿天彩霞相伴，我開始經歷此生最驚異的待產過程，大約藥效關係，我時而暈眩、時而嘔吐、時而顫抖，捱了十三個鐘頭後，在一陣晴天霹靂的強烈陣痛之下，寶寶出生了。

因為健康因素，寶寶最終沒保住。

護士用法文說明將以我們信仰的宗教儀式為寶寶舉行告別式，之後她請我們夫妻再好好抱抱孩子，作最後的道別。

我抱著實體的她，感到紮實的暖和。前一刻，她在我體內生意盎然地活著，這一刻，她在我懷裡寧靜安詳地睡著，死亡與我如此親密靠近，一種生離死別的傷感、一種無可名狀的懵懵然在四肢百骸擴散開來，頓感「人生渺渺如在夢中」。

醫院的心理諮詢師來到病床前與我懇談，溫柔的語調和關愛的眼神讓我潛沉安定，她的陪伴讓我對前路充滿信心與勇氣，然後耳際浮出女兒的童言童語：「東西會壞，草木會枯，動物會死，人也會死，有什麼東西能永遠留下來？」

我仰望天花板明晃晃的日光燈，感悟這一切都只是過程、這一切都會過去……重睹這份生命的禮物盒，小腳丫的印記柔軟地貼合在我心田上，感謝孩子用寶貴的生命教導我這一課，一切都會過去，再悲傷、再嚴峻的時刻都會過去，沒有什麼好執著。

夕陽餘暉下，我如此恬淡舒緩地懷想著。

（本文刊登於二〇二〇年五月二十日　世界日報家園版）

秋日餘光

從白色廚房的窗戶望出去，樹梢的綠葉已被秋風染紅，成片黃紅交錯的星狀落葉鋪滿人行道，街景活脫脫是一幅水彩色鉛筆畫，淺淺淡淡，水融裡透出一股硬質感。我神遊於這方秋景，邊將砧板上的洋蔥切絲，再把南瓜連皮切大塊，一同送入烤箱，爐火的溫度把它們的心烤得熱暖軟適。不一會兒，洋蔥的香氣撲鼻，我取出柔軟的南瓜肉，置入高湯內，與洋蔥、大蒜徐徐烹煮，最後倒入鮮奶油，再以鹽和胡椒調味，完成這道秋季湯品。

當熱騰騰的南瓜湯安置桌面，襯著法蘭絨格子桌布，我用鏡頭留住這色香味俱全的味蕾記憶。幾乎同一時間，褪下萬聖節變裝的孩子們圍攏在餐桌邊，湯匙先試探性地順沿碗邊，輕舀半勺湯，淺嚐味道，些許太燙，他們淘氣地伸出舌頭，晾一晾，再安心地大快朵頤。

孩子邊品嘗濃湯，邊分享午後在南瓜田歡度的萬聖節。這樣神秘又充滿童趣的日子，他們扮成毛毛蟲與小天使，在南瓜田裡或跑或跳，或坐或臥，恣意徜徉，浪漫幻想。「啊！這顆南瓜長得很像巫婆頭」、「看！這顆南瓜好圓，可以做成南瓜燈籠」、「哇！這顆南瓜比我還大，仙杜瑞拉的南瓜馬車可能就是它變的！」他們此起彼落地發表高見，交換觀察南瓜的心得，最後選定幾顆屬意的南瓜帶回家，做為戰利品，犒賞本日遠足的辛勞。

他們轉向父親，絮絮叨叨地聊起南瓜田的萬聖節擺設，有詭異的稻草人、陰森的巫婆、恐怖的殺人魔，尚有農場的小羊與小狗等可愛動物。從孩子有記憶以來，萬聖節與南瓜湯是形影不離的組合。街頭巷尾門前的南瓜燈裝飾為萬聖節揭開序幕，變裝後返入家門，一家人團攏餐桌共享南瓜湯，為萬聖節畫下幸福的句點。

我舀起一勺金黃濃稠的南瓜湯，湊近鼻子嗅聞它，感受熱氣襲上臉頰的餘溫，孩子促狹地說：「不用聞，就知道很好吃了！」我緩緩攪動黃澄澄的液體，看孩子拿 baguette 沾沾濃湯，送入嘴裡，大口咀嚼，無上滿足的味覺享受啊！涼風從簾後竄入，圈繞桌邊的我們，在秋日餘光裡，我們的南瓜湯是萬聖節的同義詞，也是快樂童年的代名詞。

（本文刊登於二〇二〇年十月二十九日　世界日報家園版）

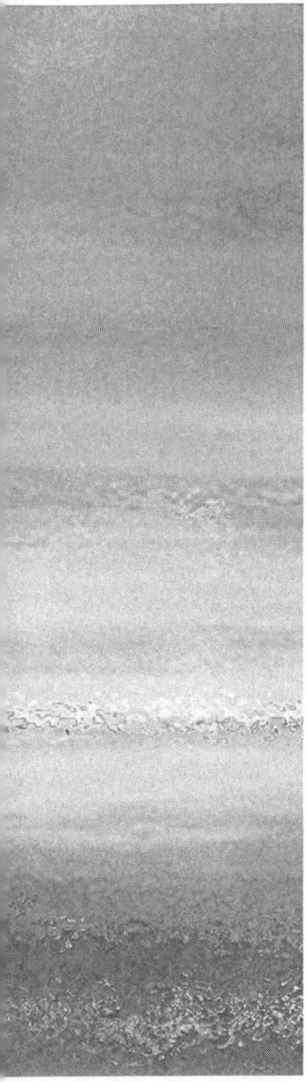

卷四

愛在疫情蔓延時

週五奇幻漂流之旅

二〇二〇年三月十二日週四晚間八點左右，蒙特婁的 CSMB 公立小學公告週五停課一天，校方將利用週五這天緊急開會討論如何因應 Covid-19，此時的社交媒體都炸開了！有鑑於前陣子亞洲疫情擴散快速，魁北克的居民開始慌了。

緊接著當晚大約九點多，加拿大新聞報導加拿大總理夫人 Sophie Grégoire Trudeau 確診 Covid-19，微信裡有人慶幸地表示，這下連總理夫人都中鏢，政府高層終於正視疫情，我們小老百姓才有機會得救……此話真是言重了！

加拿大政府不至於呵護總理夫人到這等地步，但三月份的春假過後，城中有間公立學校在春假期間帶學生去歐洲團體旅遊，才剛返回蒙特婁，之後發現的幾例確診皆是這些旅遊回來的個體，總理夫人亦是參訪英國回加後，確診 Covid-19。

週四夜的即時新聞之多，一條急著把另一條擠下來，目不暇給的新聞快報，恐慌在潛意識的文火裡小火慢燉著。度過浮浮晃晃的週四夜晚，週五白天，我們開始防疫的準備，首當其中就是屯糧。至於口罩和酒精，其實早在幾個月前亞洲疫情蔓延時，我們已經儲存妥當。

出發去超市前，魁北克省長發布所有魁省的大學、中學、小學皆停課兩星期，消息一出，我的 email 轉瞬間湧入許多關於「暫停」和「停止」的通知，例如 Concordia 大學課程的停課通知、Gym 的關閉通知、McGill 音樂課的停課通知、電影院因應疫情的措施等等，收到這麼多停課通知，我感到大事件即將爆發的惴惴不安。我盡量以平淡的口吻回應周遭的一切變故，藉此平撫心底擔憂的波潮。

由於當日原定下午三點要去家庭醫師做例行檢查，我決定早點出門，先到附近的 Walmart 購買日常用品。在商場內和一對穆斯林母女擦身而過，母親看到我的亞洲臉，立刻抓起包臉頭巾的下襬摀住口鼻，同時慫恿女兒趕緊用前臂遮住口鼻，待我經過她們身旁後，她們隨即停止遮掩臉面。就這樣，我連逛三四排走道，都與她們連環相遇，她們不厭其煩、每回都煞有其事地摀著口鼻，不忘對我露出鄙夷的眼神。後來我終於明白：喔！她們覺得亞洲臉都是移動的病毒感染源，所以我不該出現在此？

等我抵達家庭醫師診所時，我詢問櫃台人員，現在疫情日趨嚴重，是否提供口罩給我們？他們笑稱，你沒有發燒、沒有咳嗽，不需戴口罩。在疫情蔓延全球之際，究竟加拿大人為何不戴口罩，網上眾說紛紜，也無從考證，恐將成為千古之謎。有人信誓旦旦表示，曾親口詢問外國朋友：為何不戴口罩？對方答說口罩是病人才戴，一般健康的人何必戴呢？

我不禁疑惑，醫院的醫療人員難道都是因為生病才戴口罩嗎？非也，他們是為了保護自己免受病毒侵襲而戴上口罩。

關於黃種人被阿拉伯人歧視，究竟該用什麼種族理論解釋如此的極端現象？我極想把社會學理論拿來好好套用，大刀闊斧地寫出一篇心得文，找出自己能接受的理由或說法；又想用一種解剖寰宇新知的科普角度，來詮釋這樣的社會亂象。不論何者，都讓我有種躍躍欲試的微小興奮。

我認為每個受害者都該大聲說出自己的經歷，讓他人學習借鏡，於是我在微信群和 Line 群裡，廣而告知親友們該段親身遭遇，希望他們做好心理準備，進而懂得自我保護，尤其在疫情擴大的同時，如此的歧視會目中無人地氾濫開。

朋友單刀直入反問：「你當時是不是戴口罩了？所以人家才怕你？」天可憐見！當時整個 Walmart 商場，沒有半個人戴口罩，我當下也沒戴。如果時光倒流，我戴起口罩，她們就會不歧視我嗎？或者直接認定我就是染病才戴口罩，更要大動作地從我身旁彈得遠遠的？

一位朋友激勵我：「對待這種沒禮貌的人，應該要惡狠狠瞪她，讓她知道亞洲人不好欺負！」更有幾位朋友半開玩笑地說：「故意走到她身邊，假裝咳嗽兩聲！嚇死她！」、「你應該大聲問她們：你們剛從伊朗回來嗎？你們應該要戴口罩喔！」反將對方一軍！

好朋友安慰我：「在災難來臨前，各種醜惡嘴臉都暴露出來了……」此話當真說進我的心坎裡。有位朋友以玄學的角度分析：「當真應證庚子年的傳說，天災人禍特別多！每六十年一次的庚子年，總挾伴多災多難，或許人類的業報是每六十年成熟一次，故得對人口總數進行大清倉，對生存環境的一種『斷捨離』吧！」

在我動筆寫下這段經歷時，我仍不知這是否為最合適的解釋方式。但肯定的是，平時閱讀這類的歧視新聞，總覺得離自身很遙遠。如今我躍升為事件女主角，不至於難過到痛哭流涕，不至於豁達到噗哧一笑，卻有種迷離膠著的低潮始終揮散不去。

後來更有消息指出，魁北克省長考慮封城，民眾進一步憂慮超市可能不營業，於是週四晚間與週五整日，世界末日降臨在超市裡。定居魁北克十一年，我從未在Costco、超市 Maxi、Walmart 目睹這麼多人齊聚一堂，真像演唱會的歡欣熱潮，排隊結帳的隊伍完整複製迪士尼樂園的大排人龍，我足足等候一個半小時才輪到我結帳。

肯定全城70％的人都擠入超市內，這是搶糧大作戰？還是屯糧嘉年華？這並非蒙特婁特有的亂象，許多朋友早在幾個月前，在社交媒體上都見證溫哥華超市空蕩蕩的商品架，就像剛被土匪打劫過後的慘況。我不禁想起一部電影「Zombieland」，由大名鼎鼎的 Emma Stone 主演，劇情是大部分的美國城市都被喪屍入侵，大多數人類淪為喪屍，主角們是僅存的正常人類，於是他們一夥人以美國白宮為基地，過起隱世自保的生活。為了活命，每人都磨練出一身對付喪屍的好本領。

難道我們要開始過起這樣的生活嗎？

在這不平凡的 Friday night，我從現實世界流浪到網路世界裡取暖，再從網路世界漂流到現實世界裡應證，虛虛實實，假假真真，頓感心思疲乏，雙眼疲憊，闔眼入睡時，依舊覺得今日發生的一切著實如同一場奇幻漂流之旅。

在精靈球裡的時光

加拿大疫情封關，學校徹底關閉，只能宅在家認真練琴與寫作業的孩子突發奇想：「真是不可思議！迷你的精靈球居然能容納如此大的寶可夢精靈，精靈們在球裡面都做什麼呢？」

大哉問！每回陪伴孩子看動畫，我皆不曾有疑。大人視界充斥生活繁瑣事項，早已喪失童真的好奇眼光。趁這段多得的親子時光，我們畫畫，試圖想像「在精靈球裡的時光」會是怎樣的光景？並在網路上找到貼紙手作影片，學習自製貼紙，為居家生活憑添一絲童玩興味。

拜加拿大人口居住密度低，我們有空曠場地進行戶外運動。午飯後，我們騎單車在森林裡享受微風晃蕩、馳騁的快意，鮮少與同類相逢，多數時光都與小松鼠、啄木鳥和海鷗共度。有時晨起，牽車漫步於林中小徑，大口吐納森林裡的芬多精，有時玩起猜測小鳥蹤跡的聽聲辨位遊戲。

騎到開闊處，我們仰頭盡情欣賞湛藍晴空，霎時予人天寬地闊之感，暫且擺脫閉關的桎梏之苦。

有一回在池塘邊野餐，孩子興之所至，將手邊僅剩的吐司餵養池邊鴨子與飛禽。疫情階段，不宜與人群親密，唯有向小動物們親近一番了。那是個特別晴朗的午後，我興致一來，拎著孩子們出門騎車。剛進入河邊的腳踏車道，天空突然下起一場雨，我們慌忙躲進聖羅倫斯河邊的大樹下，等待雨停。這時就想到龍貓卡通裡在公車站巧遇龍貓的情景，於是你一言、我一語地討論起觀影心得，被雨水淋濕的不快隨之一掃而空。

騎到河邊，我們往往在木階梯上休憩，適逢有人正把獨木舟放下水，我們睜大雙眸收攬眼前好玩的一幕，望上去那般輕巧的舟身，只見一彪形大漢正準備踏進船內，我們親子有默契地互看一眼，眼神交換著：他那麼重，船會否過度搖晃而不安全呢？

第一槳、第二槳、第三槳紛紛順利划出，當真是船過水無痕的完美演示，我們不禁嘖嘖稱奇，暗暗佩服。斜陽西照，見那小船漸行漸遠，終成水面一小立點，像極一幅童話般的田園畫作，騎車一天的肌肉疲憊好似被妥當按捏開來，通體舒暢呢！孩子們又低頭觀察水下的水藻和枯枝，思索上一回在這兒看到的水蛇跑哪去了？

封關第二十日左右，孩子以網路視訊與學校老師每週一聚，訂正作業、討論指定書目的閱讀問題。孩子們上完網課後，常常問我：「你看！外面的陽光這麼美，為什麼 Covid-19 早不來、晚不來，偏偏現在來？害我們不能上學，無法見到同學和老師……」

或許災難和病厄是人類最佳的共通語言吧？疫情封關，不只大人感觸良多，孩子幼小的心靈亦玲瓏心竅，感知力突飛猛進。

我笑答：「我們就像精靈們被封印在精靈球裡，有朝一日被召喚時，便能重獲自由，更有一片發揮的天地，現在就盡情享受這不能上學的悠閒時光，享受大自然的芳香與美妙，當是在度假吧！」

不一會兒，我們的親子車隊又在前往森林的途中了！

打倒我們的不會是病毒

新冠肺炎在全球爆發後，親友團在微信群裡對我的關切就如雪片般飛來：「加拿大蒙特婁還買得到口罩嗎？大家都開始戴口罩了嗎？」、「趁大家還沒開始搶購前，先買好酒精和乾洗手！」、「據說病毒能在光滑物體表面存活，所以手機每天都要消毒……」快速傳播的病毒精準實證「天涯若比鄰」的空間感，眼下地球村的全體份子皆因病毒而徹底同心同德，團結對外！

亞洲的防疫作戰草木皆兵，許多國家亦戒慎恐懼，加拿大在這齣世紀大戲裡，反倒像個不連戲的局外人。幾回上街購物，我像雷達眼般巡掃周遭的人事物，隨即低頭、在手機螢幕上飛快打字：「我們這裡都沒有半個人戴口罩喔！」按下送出鍵，Line 群的朋友已讀未回，我能想像他們不約而同地閃出不知所措的神色，大約無法理解蒙特婁竟是這般空靈縹緲的平行時空？

走在大街小巷的閒散日子裡，在追趕地鐵與公車的小時光裡，蒙城的居民像活動於小人國裡的迷你人偶，襯著靄靄白雪的背景布幕，按著命定的劇本，照表操課，本色出演。

加拿大疫情燃起熊熊烈火的地點是在華人的微信群組。微信裡的朋友說：「孩子一張亞洲臉，如果戴口罩，馬上會被認為是肺炎帶原者，更會被排擠！」甚有微博文章，繪聲繪影地描述遠在德國的中國留學生，被兩名疑似阿拉伯的女性當眾辱打，當街痛斥她帶來病毒！甚有人在臉書貼文裡義憤填膺地道出在地鐵上被白人大吼 Zombie Chinese! Sick! Sick! 的委屈經驗，或許在某些人眼中，所有亞洲臉都是移動的傳染源吧？

假以時日，病毒終會被消滅，但消滅歧視看來還有漫長的道路要走。

National post 的新聞報導引述病毒專家的話：儘管感染案例增加，但因病致死率卻下降，許多感染個案的症狀甚至比流感病人的症狀還輕微。中肯的數據分析擋不住鋪天蓋地的恐慌感，如果世上有一樣東西散播得比病毒還快，那就是「對病毒的恐懼感」。

對比網路世界的烽火連天與哀鴻遍野，我在蒙特婁的真實生活恍如夢中。小老百姓就像坐在顛簸前行的火車上，晃晃蕩蕩，巍巍顫顫，睡得不舒服，到底還是睡著了。

上海朋友說：「生死有命，富貴在天！會死的就是會死！」這句話敲醒我的記憶體，遙想當年 SARS 肆虐，那時的我如何倖存？模糊的記憶裡確閃出口罩和洗手液的影像畫面，畫面一轉，我在這場病災裡安然無恙，最後還苟全性命，故今時今日方能在疫情爆發的同時段，思過去、憶往昔。

如此一想，或否人生是一種循環，歷史是一場巡迴。於是重複的經歷，重複的錯誤，加乘出可預期的結局？

數日後，亞美尼亞籍的好友 Cindy（化名）在中國餐館與我餐敘。坐定後，她開門見山地以英文說：「現在疫情這麼嚴重，我們可能不該來中國餐館吃飯？太危險了吧？我該不會就這樣死了吧？」

我笑答：「每個人遲早都會死，只是死於不同原因而已！」

有鑑於 Cindy 學習中文已有段時日，我趁機借花獻佛，端出上海朋友的話，順道開示：「生死有命，富貴在天！」她以端正虔誠的冥思，細品這八字的命述。於是宮保雞丁和東北大拉皮在中英文夾雜的對談裡，被我倆咀嚼玩味。

病毒肆虐時，謠言亦喧囂塵上。有人在微信群裡傳播：「住在蒙特婁南岸的中國祖孫三人，從武漢搭機回蒙特婁後，小女孩便出現發燒症狀，已被隔離安置。爺爺和奶奶卻還在家裡不肯就醫，請住蒙特婁的朋友幫忙求證？」我只能莞爾一笑，加拿大是有法治的國度，一般人沒有權限去查看鄰居屋內的狀況，請問市井小民該如何求證呢？這類型的訊息頂多白熱化華人圈內彼此的猜忌。

沒想到鬧劇並未落幕，數日後，果真在蒙特婁的英語報上讀到：有人舉報南岸某戶人家疑似染病，請政府人員調查，檢驗結果三人皆呈陰性反應，並未染病……可見，謠言止於智者，但世上智者數量顯然不太多。

謠言散佈得比病毒還快，或許打倒我們的不會是病毒，而是人性。

（本文刊登於二〇二〇年二月十八日　女人迷網站）

輕盈之歌

在蓮珊的靈堂上，滿屋的粉色玫瑰花海簇擁遺照，「永遠懷念」四字橫匾高懸其上，喪禮安靜從容，契合蓮珊優雅的貴族氣質。她的丈夫肅穆哀戚，沉痛不語，兒子在旁泣不成聲。

容安環顧四周，高中死黨全到齊。她端坐遺像前，悲從中來，蓮珊是成績名列前茅的高中儀隊隊長、外商公司高階主管，有台大醫科的高富帥丈夫、建中的棒兒子，一切美滿，四十歲卻死了？人生勝利組怎會如此脆弱？

高中同學雨蓁一襲三宅一生的黑洋裝、網紗帽側垂於左額前，時尚感十足，這是弔唁的打扮嗎？她正雙手勾著蓮珊丈夫的臂膀，東問西瞧：「……之前都不知道蓮珊有心臟病？一閉眼昏倒在地，急救不及？唉！人生無常……」連聲嘆息，假惺惺得令人想吐！屍骨未寒，她丈夫如此不避嫌？容安用眼神對旁邊的靜芬示意瞧那妖精，好閨蜜立刻心領神會。

治喪完畢，容安神識似被抽離，一路恍惚趕往幼兒園接女兒。一進家門，包包扔往沙發，拎起女兒進浴室，嘩喇喇水聲迴盪浴室。十分鐘後，馥郁潔淨的小天使在白色系的客廳內，自得其樂玩耍。她變身廚娘，匆忙奔波於油煙之中，晚餐終在七點鐘就緒。

四菜一湯安躺面前，丈夫照例一面提筷吃飯，一面用手機觀看政論頻道直播主的精闢分析，容安劍拔弩張緊盯丈夫瞧，想他何時能幡然醒悟，多欣賞老婆幾眼呢？十五分鐘過去，丈夫突然抬眼問：「今天還好嗎？」容安與他四目交接，悶哼一聲，他接口：「妳就以朋友身份，能幫多少幫多少，剩下的別強求。」原意是淡化哀傷的話語，容安聽來格外刺耳，生平最好的朋友英年早逝，太多不解不捨，怎能釋懷放下？

是夜，丈夫鼾聲大作，容安思緒如打結的毛線，愈想解開卻愈纏愈緊。中年生活令人髮指，永無止境的上下班、養兒育女、比月信更準時的房貸，慣性的索然無味充斥婚姻生活。與蓮珊相知相惜的點滴飛閃眼前，她真的好想好想蓮珊！還得鼓勵自己堅強活著，不能讓女兒變成白雪公主啊！驚恐、無助、氣惱瞬間排山倒海襲來，她不住抽泣，連夜色都跟著上氣不接下氣。

翌日容安起身時，枕上仍殘存淚溼的痕跡。她強打精神，從床上一躍而起準備早餐，丈夫張羅女兒起床更衣，團結合作的夢幻時刻，日子不完美，幸虧有平衡。

升格為母親後，最常叮嚀丈夫孩子的話就是「趕快！」趕快吃飯、趕快上學、趕快睡覺、趕快趕快……日子如斯飛快而逝，時光是飛毛腿，一溜煙就消失無蹤，人們連追趕時間的資格都不配。

送丈夫女兒出門後，她飛快將滴雞精、燙青菜、水煮蛋裝入保鮮盒內，左肩公事包、右肩保溫包，以行軍般的步伐，快速準確朝捷運站前進。

捷運車廂裡人潮洶湧，她戴上耳機，投入電影解說的世界，中年婦女每日不可或缺的精神糧食與微小娛樂。今天介紹電影「國定殺戮日」，用八分鐘看完一個多小時的電影，簡直是「效率」的極致發揮。她想，若國定殺戮日能解放民眾的壓抑與怒火，達到控制人口的良效，政府該為中年人訂個節日來釋放壓力與憂鬱，中年人可是社會的中流砥柱、中堅分子。如果少子化是國安危機，中年人的憂鬱可謂社安危機。放眼社會新聞，多少人有精神方面的問題，不處理就是縱容更多隨機殺人事件發生啊！

她形色匆匆地沒入醫院大門，搭電梯直上八樓。母親在浴室滑跤，摔斷髖骨，半年來再度住院。她堅持雙人房有伴，突發狀況能有照應，實情是怕單人房貴，女婿微詞。獨生女容安深知母親的飲食愛好，於是每天送餐送愛。她坐陪母親閒話家常，唯獨沒提蓮珊過世的消息，怕母親胡思亂想，得反過來安慰母親。

她若有所思沉靜床邊，像蓮珊那樣榮登人生巔峰，如她這般在世間載浮載沉，生活就沒其他選項嗎？

能否毫無愧歉感與焦慮感，回歸自我就好？從小過兒童節、青年節、勞工節、母親節、父親節……為什麼沒有「自我節」呢？政府應該明訂某一日是「自我節」，舉國放假，各不相礙，暫且卸下家庭、社會等責任，盡興做自己，追求未完的夢想。

步出醫院，沸騰暑氣迎面罩上，像熔漿潑灑一地，光呼吸都能被灼傷。她仰望成排高聳的醫院建築，揣度能容納多少病人啊！龐大的病人數代表有廣大家庭肩負看護照料的擔子，代表人間有諸多容安與她同行，至少不孤單。至於寂寞，世上誰不寂寞呢？

她癱坐辦公椅時，時鐘不偏不倚顯示八點半，這表示九點上班前，她有二十分鐘左右的獨處時間，除卻丈夫小孩和煩人的同事，她能清閒思考、肆意發夢。不一會兒公司新人、前台、茶水間小妹一一粉墨登場，聲聲「張姊早」喚她，其實她最想被叫「小妹妹」呢！老吳沉迷與二十出頭的美少女們分享半葷不素的冷笑話，此刻她特別像個局外人，家庭事業得兼顧，卻不隸屬於任一邊。

眼前眾人和樂融融，她警惕著，必須學習欣賞年輕人、包容老年人，否則夾在中間可會左右結仇，孤立無援，最後落得惹人厭的下場吧？可殘酷的是，世上最遠的距離就是說到與做到之間的距離。

媒體廣告陳腔濫調地向閱聽大眾宣揚接受自己，熱愛生命，擁抱人群吧！卻愈少人懂得欣賞獨處的魅力與美感。她遂婉拒丈夫今晚的法國餐邀約，模仿日劇橋段，在便利商店買足能喝茫的梅酒數量，獨坐淡水河畔，緬懷蓮珊陪她共度的每個生日，想念蓮珊柔和安定的聲線與堅定溫暖的陪伴。

「四十而不惑」絕對是句黑色幽默，今夜她滿四十歲，她持續迷惑中，難道人間走一遭只是徒增體重，不長智慧，故無法解惑？若此生享壽八十，她恰好過完一半的人生，不做點改變，後半生不過是前半生的複製貼上而已，毫無新意啊！若今世活不過八十歲，則剩不到一半的光景在前方等待，無邊惶恐秒殺過來。

此刻心緒紊亂，既害怕青春早逝，又期待老年降臨。年輕女子被當女人看待，得行使傳宗接代的生物功能，步入婚姻又被賦予玲瑯滿目的社會責任，好妻子、好媳婦、好母親、好員工、好阿姨等標籤如捆仙索將其五花大綁，單身女性則往往淪為年邁父母的看護。終於熬到年老色衰，社會對老女人不再期待，「女人」的標籤凋零飄落，進而解放她們，被允許單純以「人」的形式存在。

轉想自己的生活似乎都好，但少了什麼？

少了自己！婚姻像條結界，隔開自我與家庭。婚後沒空重拾興趣，像周旋於工作與家務間的陀螺，打轉到天荒地老、海枯石爛。責任非壞事，然豈能天天負重前行？中年人的肩膀和脊椎可會報廢呢！可否稍稍輕盈漫步於人生旅途？

當晚在自家天台仰望星空時，她福至心靈，決心改變。她在社群網站註冊帳號，成立頻道「輕盈之歌」，粉絲頁說明為：

> 中年人的遊樂場
>
> 活得輕盈的中年人方能游刃有餘，衷於自己，閃現生命光彩。

粉絲專頁的首要任務是號召眾人，連署要求政府訂定「自我節」。在自我節當天，合情合理合法地做回自己，至少做一件「愛自己」的事來慶祝。

這個無厘頭的拋磚引玉竟獲得許多中年人響應，有網友建議選十一月十一日為自我節，與光棍節相呼應，還有網友推薦除夕夜為自我節，徹底放飛做自己，藉此逃過一年一度親戚間的格鬥廝殺日。註冊人數達標後，她在腦海裡複習大學當電台主持人的過往，嘗試開直播。她在首播裡細數開帳號的心路歷程，從蓮珊的喪禮聊到青春紀事，那些年幫蓮珊遞情書的不離不棄、陪蓮珊受罰的患難與共。從此直播主飄飄降世，在城市裡搜尋同類，探索多少人和她一樣迷惘呢？

事後看重播，螢幕裡的飄飄與網友打招呼，一派生澀，甚至忘了答謝網友的donate，可是飽滿的新鮮感與踏實的成就感充盈胸懷，真實的快樂閃亮飛揚，世界變得驚奇可愛。即使行銷包裝有待加強、肢體言詞過於老套、只懂推心置腹地談天，但她深信不疑：「誠實做自己」正是中年人得重拾的課題。

她參考丈夫鍾愛的直播主模式，訂出直播時間表、擬定每日貼文的份量、安排回覆留言的時段、社群媒體的互動方案等等。不為名利，她只想辦場華麗好玩的派對，至少離開人世前，曾淋漓盡致地活過！

回覆留言、擬寫貼文、經營 Vlog、學習剪片、抓拍生活的吉光片羽，形塑生活新樣貌，日子多了盼望，她變得精力十足、神采奕奕。在靜芬的河岸咖啡館裡，她與一票死黨開吃播，暢所欲言，介紹店內歐式甜點與手沖咖啡，亦分享童年家裡開麵包店的成長故事。煙雨濛濛的午後，她在客廳角落分享種花心得。往幼兒園的路途上，開直播報告自我節的連署情形，順道討論都會女子究竟顏值或言值（口條好）重要呢？

輕盈之歌的「暖勢力」吸引不少同行留言打氣，她們結盟成一股粉紅力量，私下聚餐、網上聯播，她紮實重溫純粹友誼的快樂，莫非蓮珊在天之靈，默默庇佑她？

某晚泡澡時，她舒坦地想，開直播真療癒！不必像丈夫的政論直播節目那般義憤填膺、慷慨激昂，可以心中一片溫柔，恬靜訴說，撫慰人心。有時，網友的窩心留言讓她泫然欲泣，她費勁追憶，上次何時被打動落淚？女兒出生的那一刻？她想把這份感念傳遞擴散，熙攘紅塵，或萍水相逢、或永無交集，但與她互動的網友是她珍重的有緣人，她想進一步理解他們的心情故事，於是她興起 call-in 的念頭。

首次 call-in 的主題是「在自我節，你想做什麼來愛自己？」網友三伏天說，游泳吧，每天加班都沒時間去。鐵粉小鴨說，我要寫小說，把我的前半生付諸筆墨。網友愛哭的女孩說，我想去迪士尼樂園玩。網友飄塵說，什麼都不做，先睡到自然醒再說……毫無冷場、回應熱烈的一小時，效果奇佳！那晚眾志成城、團結鼓勵的美妙感動令她惦念不忘，她決定每週三開常態 call-in 節目「快樂筆記本」，生活裡載不動的哀愁、忘不掉的快樂，皆能侃侃而談。規則是每講一樁心事，得搭配分享一則樂事，勉勵大家關注低潮時，切記迎向陽光。

那陣子 Covid-19 疫情來襲，許多放無薪假或待業中的網友們紛紛提議用線上會議開辦學習活動，大夥兒洋洋灑灑安排出飄飄的烘培教學、三伏天的哈達瑜珈、喵星人的插花課、左文的財務規劃課等等。在網路課堂裡，一群中年人瘋狂笑鬧，自由綻放生命火花，重燃生活的美好初衷，環生極致和諧的美，他們儼然成為時光的守護者。

（本文入圍二〇二〇年林榮三文學獎　散文組）

祝你平安

網路時代的另一種特色就是懶人包四處流竄。所有需要花時光咀嚼的前因後果，全數化為片段的字句與 Kuso 的圖片，於是重塑的真實以理直氣壯的態勢，重現人間。

最近幾個月，懶人包與微信的豐富資訊並沒有彌平人們對 Covid-19 的恐懼，就像高朗每日清晨睜開雙眼，滑開手機屏幕，過目一眼疫情快報，驚悸的傷痛感如觸電般掃遍全身，驚惶的心境如影隨形，後勁十足的反作用啊！日子天天是新的，任何人的一天都是二十四小時，世界公平而美好！懷著如此清朗正面的念想，高朗索性打開 Youtube，看些搞笑的小品與綜藝節目，順道在朋友圈裡按下分享鍵，希望朋友們也暫時寄情於這短暫的歡樂之中，至少笑一笑，日子好過點。

幾個小時過去了，朋友群裡一片死寂，沒有回應、沒有共鳴，高朗隱約感覺這回疫情，與 SARS 時期相比，全球氣氛更低迷、更絕望，看來對肺炎的恐懼已內化成一種意識形態。高朗又何嘗不是？這陣子他對賺人熱淚的紀錄片與肥皂劇都敬謝不敏，深怕觸痛焦慮的神經線，心慌與不安將如洪水氾濫，一發不可收拾。

搞笑影片不被待見，但有另一種活耀影片大受歡迎：口罩的N種正確戴法。影片裏針對不同型號的口罩，詳細地逐一解說正確的佩戴方法，更有小Tips分享：記得要在兩側折起來，釘上訂書針，戴起來後，口罩才能服貼於兩頰，不會有間隙，才能完全防護。為了更有效阻絕病毒，可以在口罩裡放置衛生紙，加強保護……如此云云。

朋友立即在群裡回應影片：「Amazon還買得到口罩，大家趕快行動！」知悉此言，眾人一振！

唉！別大驚小怪，此乃每日防疫的一種日常。

某日，高朗經過社區中心，一群跳舞的姊姊們揮汗淋漓、活力十足，她們跳的曲子是「祝你平安」，據說那是九〇年代的歌曲，歌詞的寓意不因年代久遠而失修，諷刺的是，很符合時下人們的需求：不是榮華富貴、不是飛黃騰達，只是平安無事。

在庚子年的亂世裡，平安竟如此難求！

受了歌曲的激盪，高朗當晚做了個夢。夢裡他與朋友們在郵輪上嬉遊，突然一陣翻浪襲來，先讓船身一側傾斜、另一側被高抬離開海面，原以為只是風浪大，說時遲，那時快，整艘船以九十度大翻轉，海底下一龐然大物竄出，一頭鯨魚把船身頂得翻覆過去，全部人落入海裡，高朗來不及反應，就被自己的大叫聲驚醒……

醒來後，餘悸猶存，卻不覺得那是夢，而更接近電影裡那種靈魂出竅的經驗。暗暗尋思：是不是我小時候聽木偶奇遇記留下的陰影？或是鐵達尼號的震撼感揮之不去？

正探索得出神，手機突然大響。一接起，好友明明在另一端哽咽啜泣：「我剛剛夢見我被病毒帶走了，我好怕……」

「別怕別怕！你是最近的新聞看多了，把那些情形都投射到自己身上，所以日有所思，夜有所夢。我陪你聊聊，就沒事了！」

明明像溺水的人抓到浮板，一股腦吐出最近生活的焦躁和隨時面對死亡的可怕，活脫脫就像演一部虐心的大時代災難劇，不確定自己何時會崩潰。

高朗柔聲安慰：「意外來臨時，不會事先通知你。提前擔心也沒用，過度驚恐就會變成還沒病死，就先煩死了！哈哈哈！」高朗情不自禁地大笑起來，明明聽到這兒，也終於破涕為笑。

與明明收線後，高朗想起老愛走文藝風的親哥哥曾經提過，卡夫卡說：「生命之所以有意義，是因為它會停止。」病毒也是一種生命形式，它會停止嗎？是的話，它打算何時停止呢？

當晚，高朗於落地窗前跪下，就著夜色，虔誠祈禱，神形合一，祈願上蒼聽見他內心的發願，因為這一次，病毒是來真的，他也是來真的。等睡意再次襲來，他平躺床上，心緒平靜地盯著造型夜燈散射的萬花筒光影，每幾秒變化一種樣式。高朗想在有生之年，讓朋友們都知道他許下的心願，在 Line 群裡對朋友們一一發送訊息：祝你平安！

（本文刊登於二〇二〇年六月十一日　七天報紙第七百期）

終老

加拿大疫情封關，魁北克省五月二十五日陸續解封，政府特地將報稅的截止日期延後，以利宅在家的民眾能充裕地完成報稅流程。

高齡八十八歲的「老」友在蒙特婁單身獨居一輩子，她常對我提起老年人夾縫中求生存的困境，每次搭計程車前往報稅處，司機或短程拒載，或見她垂垂老矣，索討過多小費。

聞此不義之事，我自告奮勇載她去報稅。攙扶她下車往辦公處走，艱難的路程才正開始，路上車輛比往常少一半，半解封的鬧區仍被一層清冷的蕭條籠罩。從她緊握我手臂的淺薄力道，我知曉足不出戶的她，比上回見面退化更多，內心湧上一股不捨。她每走幾步，就氣喘吁吁地問我：「到了嗎？」

短短七分鐘的路程，在她嘴裡成了千山萬水的漫長旅途。此刻我是她唯一的依賴，潛意識裡漾起一層薄薄的鬥志，保護她的念頭愈發強烈。我的動作趨緩而警醒，深怕碰碎一只陶瓷娃娃般的謹慎。

大樓守衛提醒得搭手扶梯往地下室去。我捷足先登，踏上手扶梯，立刻一路逆向往上回踏，保持搆得到她的距離。她猶疑不定，似看不準踏足的時機、似擔憂重心不穩會跌落手扶梯。我繼續耐心地向上踩踏，不敢出聲鼓勵，怕驚擾她的專注度。終於她踏出第一步，我順勢出手，把她安置在手扶梯上，讓其雙手搭扶在扶把上。

呼！大功告成！

處理報稅的女士與老友熱絡招呼，親切以英文問我：「以前都是她自己來，你是她孫女吧？」我頷首。其實我們僅是相知相惜的好友，但似乎無解釋的必要。老友一臉迷惑，想不起對方是誰，記憶力退化是邁向老化的關鍵環節。

約一小時後，終於完成報稅事項。返途裡我們如常穿行一小段斑馬線，在一排車頭燈和行人的眾目睽睽下，即使我這般小心翼翼地呵護，她仍舊重重摔了一跤，我趕忙彎腰扶起她，卻驚愣她的肌肉異常無力，任由我使盡吃奶的力氣、用罄施力的巧勁，她紋風不動，堅定地黏在柏油路面上。緊要關頭，我直接蹲下，雙臂筆直穿過她腋下兩側，一鼓作氣用兩臂和下肢的合體力量，將其軀幹往我身上癱靠，再用腰側的巧勁一蹬，把她扛直。待她站穩回神，我們繼續緩慢前行，方行至路中央，綠燈已轉為紅燈，我只得向兩側大幅度揮手，提醒可合法前行的車輛停下稍等，至少等我安全把她帶到另一頭的人行道。

這段驚異過程令我心有餘悸，老年生活竟危機重重，小至吞嚥、洗漱、行走、搭車，都有意想不到的困難發生，日復一日地照顧老人絕對是一項考驗意志力和恆心的大工程。

返家後，女兒團繞我身旁撒嬌，分享今天製作的影片。我邊看影片，邊欣賞她青澀的容顏，忍不住道：「以後媽媽如果太老、太病，請把我送到養老院，那裡有醫療團隊照顧我，他們能及時處理任何緊急狀況。」

我沒說出口的話是：不能讓媽媽生命最後的十年或二十年，拖累孩子人生最精華的時光。

女兒急切憂慮地嚷著：「我不要把媽媽送走⋯⋯」

「你沒有把媽媽送走，只是幫媽媽找一個更能好好照顧我的機構。你可以住在老人院附近，常常來看我，陪伴我，這是讓彼此都舒服的照顧方式。」我篤定地撫順她的柔滑長髮。感謝上蒼讓老友與我相遇，我便能及早認清老年生活的真實面，游刃有餘地思考生命的終老模樣。

（本文刊登於二〇二〇年八月二十七日　人間福報副刊）

溫情食堂

二○二○年三月十二日起，魁省省長因 Covid-19 疫情下令封關，勒令餐廳停業，之後才陸續開放提供外帶服務，直到六月底政府下令讓餐廳開放內用，但許多餐廳仍未跟進。

封關多日後，我撥電給 McGill 大學附近的 Alto 餐廳，點購外賣。老闆娘一接起電話，嫻熟招呼我：「Hi, my old friend!」封關期間眾人被迫宅在家，鮮少與外人聯繫交談，聞此熟悉語調，我雀躍不已。

俐落點完餐，我利索開車出門取餐。蒙城的美食無數，唯獨這家餐廳令我流連忘返。優質餐點吸引人之外，濃郁的人情味令我恍如穿行時空，重返故鄉。

好友首次帶我光顧此店時，我尚是大學生。老闆娘與好友相識超過四十年以上，愛屋及烏，每回見我，不是自動幫我把 Pizza 升級，就是多送我飲料，我總多給些小費作為答謝。

有幾回，我為了準備大學期末考，在圖書館熬夜沖刺讀書。直到淩晨深夜，方才驚覺未進晚餐，飢腸轆轆的我便來到營業至淩晨四點鐘的Alto，祭祭我的五臟廟。我永遠忘不了冬日飛雪飄舞，路上人煙稀少，我大口撕咬著Pizza，放空凝望窗外寂寥的街景，那味道不啻是美食香氣，更是青春芳華的氣息。

在這座冬季比北極還冷的城市裡，我與命中的食堂相遇，度過四季寒暑，挺過大小艱辛，似在此落地生根。直到一日，我驅車來此，竟見Alto遭火苗吞噬，消彌於一片煙霧之中。一年後，我的城市食堂竟死而復生，出現在對街，重起爐灶。我那失而復得的欣慰開心，當真筆墨難以形容。

我的座車一路向前，穿梭於平日塞車大爆滿的鬧區，在疫情的襲擊下，此地猶如冬夜停電的死城，不敢想像這般落魄景象發生在蒙城商業活躍的夏季！歷史上的庚子年天災人禍特別多，此刻的驚悸感尤其刺眼，格外揪心。

我推開玻璃推門，一段時日不見的老闆娘在櫃台後方，揚睫望我，淺淺微笑，當時只有我與她，屋內很沈靜，靜得讓空中飛塵閃閃發亮，彷彿這就是永遠。

（本文刊登於二〇二〇年六月二十九日　世界日報）

國家圖書館出版品預行編目

暖暖心光：綺莉思散文集 / 綺莉思著. -- 臺北市：獵海人, 2023.04
面； 公分
ISBN 978-626-97026-1-9 (平裝)

863.55 112003301

暖暖心光
──綺莉思散文集

作　　者／綺莉思
出版策劃／獵海人
製作銷售／秀威資訊科技股份有限公司
114 台北市內湖區瑞光路76巷69號2樓
電話：+886-2-2796-3638
傳真：+886-2-2796-1377
網路訂購／秀威書店：https://store.showwe.tw
博客來網路書店：https://www.books.com.tw
三民網路書店：https://www.m.sanmin.com.tw
讀冊生活：https://www.taaze.tw

出版日期／2023年4月
定　　價／280元